Akashi

Os Mestres da Ilha

Andrei Puntel

Akashi
Os Mestres da Ilha

© 2017, Madras Editora Ltda.

Editor:
Wagner Veneziani Costa

Produção e Capa:
Equipe Técnica Madras

Revisão:
Ana Paula Luccisano
Neuza Rosa
Silvia Massimini Felix

Dados Internacionais de Catalogação na Publicação (CIP)
(Câmara Brasileira do Livro, SP, Brasil)

Puntel, Andrei Akashi: os mestres da ilha/Andrei Puntel.
– São Paulo: Madras, 2017.
Bibliografia.
ISBN: 978-85-370-1059-4

1. Ficção brasileira I. Título.
17-02836   CDD-869.3

Índices para catálogo sistemático:
1. Ficção: Literatura brasileira
869.3

É proibida a reprodução total ou parcial desta obra, de qualquer forma ou por qualquer meio eletrônico, mecânico, inclusive por meio de processos xerográficos, incluindo ainda o uso da internet, sem a permissão expressa da Madras Editora, na pessoa de seu editor (Lei nº 9.610, de 19/2/1998).

Todos os direitos desta edição reservados pela

MADRAS EDITORA LTDA.
Rua Paulo Gonçalves, 88 – Santana
C.E.P.: 02403-020 – São Paulo/SP
Caixa Postal: 12183 – CEP: 02013-970
Tel.: (11) 2281-5555 – Fax: (11) 2959-3090
www.madras.com.br

A série **Os Mestres da Ilha** é composta por três volumes: **Akashi**, **Samsara** e **Fênix**. São três arcos distintos, com elementos de suspense e realismo fantástico, separados pelo período de um ano entre si e com o mesmo conjunto de personagens principais. O cenário principal é a paradisíaca Ilhabela, no litoral brasileiro, mas outras cidades também fazem parte da aventura, como São Paulo, Dallas e Amsterdam.

Voltada para um público adulto e jovem, a série alia ritmo e reviravoltas com um forte simbolismo e referências étnicas e culturais de diversas origens, que enriquecem sua trama.

Akashi: Investigando uma série de mortes suspeitas na alta sociedade europeia, a jornalista francesa Julie Paget vem à procura de uma testemunha-chave refugiada em um paraíso tropical no Brasil. Quando chega, descobre que sua fonte também sofreu uma morte tão inexplicada e inquietante quanto aquelas que investigava. No desenrolar dos fatos, conhece um grupo de pessoas que irá mudar sua vida e seu conceito de realidade, apresentando-a a uma verdade muito mais complexa e excitante do que ela poderia imaginar existir. Suas armas: conhecimento milenar, coragem e ousadia. Seu objetivo: confrontar um mito.

Samsara: Depois das revelações finais em Akashi, fica a pergunta: podemos escolher nossa natureza? A guerra entre o Bem e o Mal existe fora ou dentro de cada um de nós? Que preço estamos dispostos a pagar para dominarmos nossas próprias vidas? Quando o passado se revela, é hora de se questionar sobre os caminhos que devem ser percorridos.

Fênix: Um grande mal se levanta. Todas as possibilidades históricas e culturais do universo de Akashi são usadas nessa história sobre maturidade, aceitação e amor, fechando as questões levantadas nos livros anteriores. Completa-se uma jornada moldada no mito do herói e na procura pela transcendência pessoal.

Índice

Capítulo 1 11
Capítulo 2 15
Capítulo 3 21
Capítulo 4 27
Capítulo 5 33
Capítulo 6 37
Capítulo 7 41
Capítulo 8 45
Capítulo 9 50
Capítulo 10 56
Capítulo 11 61
Capítulo 12 65
Capítulo 13 68
Capítulo 14 72
Capítulo 15 84
Capítulo 16 92
Capítulo 17 100
Capítulo 18 104
Capítulo 19 109

Capítulo 20 111
Capítulo 21 116
Capítulo 22 125
Capítulo 23 135
Capítulo 24 – Epílogo 140
Bibliografia Revista e Atualizada para Toda a Série. 143

Livro I
Akashi

Capítulo 1

Ela acordou lentamente. De olhos fechados, sentia o corpo absurdamente pesado. Um gosto amargo na boca seca, cada músculo reclamando ao movimento.

Abriu os olhos. A luz que vinha de fora não era suficiente para clarear todo o quarto. Lençóis estranhos, cama estranha. Sentou-se. Acendeu a luminária no criado-mudo. Massageava as pernas na tentativa de sentir-se melhor. Ao seu lado, um armário de madeira escura, uma poltrona na qual estavam a mala e duas blusas deitadas no braço de couro. O chão era de pedra e o teto, revestido de madeira. Um espelho à sua frente mostrava o quanto estava pálida, os cabelos emaranhados. Na outra parede, um quadro. Totalmente zonza, não conseguia entendê-lo. Era confuso e havia palavras impossíveis de ser compreendidas.

Colocando o pé direito no chão frio, levantou-se devagar. Cambaleando, foi até a grande janela de madeira a quatro ou cinco passos da cama e a abriu.

Ainda não sabia onde estava. Seu quarto dava vista para um vale, onde a neblina cerrada lembrava sua Inglaterra. Mas algo estava muito errado. Suas roupas eram leves – uma bermuda e uma camiseta fina –, mas ainda assim não conseguia deixar de sentir o calor úmido que impregnava sua pele. Isso, apesar da noite fechada. O cheiro de mato e terra molhada era reconfortante, mas não reconhecia as plantas do estranho jardim que se estendia morro abaixo. Ao longe via um pequeno conjunto de luzes, como uma vila. Mais próximo, no fundo do vale, uma linha contínua de lâmpadas indicava que devia ser uma estrada ou ponte.

De repente, uma vertigem. As luzes moviam-se lentamente e ela pensou que fosse cair, segurando instintivamente no batente da janela. Fixando melhor a vista, ela percebeu que era a estrada que se movia! Perplexa, ouviu o som grave, longo e vibrante que veio do fundo do vale.

Um navio! Era isso o conjunto de luzes que se movia em meio à neblina. E não era um vale, era o mar! A viagem! A ilha!

Assustada, procurou o relógio no bolso da bermuda. Quase 10 horas! Havia dormido pelo menos seis horas consecutivas. Isso era péssimo! Lembrava-se de ter chegado ao chalé, se apresentado, pego as chaves com o caseiro e largado as coisas sobre a poltrona. Tomou um banho e separou as ferramentas para o ritual. Pediu um pouco de água quente para o caseiro que, muito amavelmente, a trouxe em pouco mais de cinco minutos. Preparou o chá, misturando as ervas à medida que a água ia esfriando, para não perder o efeito das mais sensíveis ao calor. Tomou uma xícara inteira e descuidadamente deitou-se por alguns instantes. Foi o suficiente. A viagem de Londres até aquela ilha brasileira havia levado quase três dias! E os acontecimentos recentes a deixaram tensa o suficiente para não conseguir dormir por toda a viagem. Em todos os lugares sentia a desagradável sensação de estar sendo seguida e, pelo menos uma vez, achou que havia identificado seu perseguidor. Ficou aliviada quando ele desceu do avião no aeroporto do Rio de Janeiro e seguiu direto para a rua. Ela foi até o balcão da ponte aérea para tomar o primeiro voo para São Paulo.

Mas lembrar de tudo isso não mudava a sensação de mal-estar. Percebia agora que não havia conseguido ler as palavras do quadro, na verdade uma fotografia, em parte porque as palavras estavam em português, "Praia de Castelhanos", em parte porque sua visão estava fora de foco, por causa do chá. Isso era muito ruim. Deveria tê-lo tomado e em seguida preparado o ambiente para o ritual. A função do chá era libertar seus sentidos, para que ela conseguisse identificar aqueles que procurava. O taxista que a trouxe ao chalé disse que a ilha devia ter em torno de 20 mil pessoas e ela não tinha a menor ideia de quem procurar. Sua querida Irene falava sempre a respeito de seu amigo brasileiro, mas sua discrição sempre a impediu de dizer nomes ou detalhes. Sabia apenas o nome do lugar em que ele vivia, Ilhabela. Mas ela entendeu que havia outros, e durante o ritual o círculo deles deveria brilhar como um farol, até guiá-la ao grupo.

Porém, ela havia dormido e, com isso, deixara de preparar o diagrama, pintando-o ao seu redor e executando a série de mantras e o processo simbólico que a permitiriam focalizar sua mente no alvo desejado. Como não tinha feito isso, sua mente era agora uma antena sem seletor, e iria captar emoções e pensamentos de dezenas, centenas de pessoas que não conhecia. Seria uma experiência terrível se ela não controlasse logo o processo.

Correu para os fundos do chalé. Abriu a porta da cozinha e viu um pequeno quintal gramado que dava para a floresta. Ainda chovia levemente, e aquela área lhe ofereceria a privacidade necessária. Voltou ao quarto, pegou a pequena adaga em sua mala. Despiu-se, colocou apenas a capa de chuva que usara para chegar ao aeroporto de Londres e voltou ao quintal. Riscou um círculo na terra ao seu redor e ajoelhou-se no meio dele. Colocou os cabelos para trás, apoiou as mãos nas coxas, levantou o rosto e relaxou os ombros. Começou a respirar profunda e pausadamente, prestando atenção em seu coração, que desacelerava. A confusão de pensamentos e sensações estava iniciando, em breve seria impossível retomar o controle. Começava a lutar com uma sensação de angústia que minava sua concentração. Começou a entoar um pequeno mantra pedindo proteção e clareza de pensamento. Mesmo assim sua mente divagava. Ela começava a perceber imagens de memórias que não eram dela. A angústia virou raiva, em seguida medo, depois uma sensação de profunda solidão. Ainda respirava fundo e entoava seu mantra. Ficou assim por longa meia hora, lutando contra a confusão de sensações ruins que a cercava. Alguns poucos instantes de alegria permitiam que ela se recuperasse, mas seu próprio medo atraía muito mais sensações ruins do que agradáveis.

Começou a ter um sentimento de paz. Havia finalmente se controlado e poderia dar prosseguimento ao seu objetivo...

Repentinamente, uma onda de fúria abateu-se sobre ela. Selvagem, primitiva. Ela se encolheu, caindo ao chão e rolando para fora do círculo riscado. Seu estômago se contorcia, todos os músculos de seu corpo se retesavam, ela rangia os dentes e cerrava os olhos. Debatia-se na grama. O ódio era avassalador, parecia que não havia mais nada embaixo de sua pele senão ódio. Uma fúria assassina e inumana.

ESSA NÃO SOU EU! – Vontade de matar, destruir, rasgar – O QUÊ? – Ódio – DE QUEM? – Fúria – POR QUÊ?

ESSA NÃO SOU EU!

Ficou deitada de lado, exausta. As lágrimas corriam fartas, o soluço não parava. Algo havia dado muito errado, pior do que imaginava. Aquele ódio...

Aquele ódio estava ali.

Ela o sentiu de novo, mas agora foi diferente. Ela sentia o ódio fora dela. O mal estava ao seu redor, não dentro de si. Aquela mesma fúria assassina a rodeava, sibilando. Era o mal. O mal absoluto.

O mal estava à sua frente. Na forma de dois olhos de fogo, entre ela e a porta da cozinha, baixos demais para serem de um homem, altos demais para um cão. Sua respiração parou, o coração parecia querer fazer a mesma coisa. Uma onda subiu de seu estômago, um nó se formou na garganta. O medo cortava sua alma ao meio. Pele arrepiada, olhos arregalados, a boca aberta tentando soltar um grito que não existia.

Os olhos a rodearam de novo. Pararam atrás dela.

Em uma explosão de desespero, ela agarrou a adaga e correu para dentro da casa, com a nítida sensação de ter o mal em seus calcanhares. Não ousava olhar para trás. Atravessou a cozinha e a sala como um relâmpago, abriu a porta e correu para a rua. A janela do caseiro estava apagada. A rua em que estava ficava apenas a 300 metros da estrada principal que contornava a ilha. Tinha de alcançá-la e pedir ajuda para ir à cidade. Ali estava totalmente vulnerável.

Sua nuca se arrepiou e um raio de gelo correu em sua espinha. Ela instintivamente se abaixou e algo passou por sobre sua cabeça. Aquilo estava agora entre ela e a estrada, apenas a 200 metros abaixo. Não havia como fugir; ela não sabia nem mesmo se a ameaça era real ou não. Sentia apenas que era o mal, mas não sabia sob qual forma. Abaixou-se e, rapidamente, riscou um círculo na estrada de terra. Desenhou quatro símbolos por dentro do círculo, agachou-se e segurou a adaga com as duas mãos, como forma de defesa. Começou a rezar.

Sentia que o ódio ainda a rodeava. Acompanhava com os olhos o movimento, pronta a usar a adaga. De repente, um vulto saltou de dentro da mata que beirava a estrada diretamente sobre ela, jogando-a ao chão. Um peso enorme em seu peito, com garras que cortavam sua pele. Um urro felino na frente de seu rosto. O mal absoluto. Presas se fecharam em sua garganta...

Capítulo 2

Ela estava debruçada sobre a amurada da balsa. Era por volta de meio-dia e a luz era simplesmente magnífica. O cheiro do mar e as ondas que batiam no casco faziam lembrar sua infância.

Nunca havia imaginado conhecer o Brasil. Havia certa moda brasileira na França naqueles dias, mas ela se contentava em dançar os ritmos exóticos e tomar o delicioso coquetel de limão nas boates de Paris. Havia um sem-número de artistas e programas de TV sobre esse país quase diariamente. E muitas, muitas notícias desencontradas sobre esse lugar estranho. Para ela, estava indo conhecer um local onde havia beleza e pobreza, magia e miséria, música e desamparo. E, é lógico, samba, carnaval, caipirinha, capoeira, etc., etc., etc. Mas estava decidida a formar sua própria opinião, tentando fugir dos estereótipos.

A chegada ao Rio de Janeiro foi emocionante. O avião sobrevoou a cidade ao raiar do dia e, por causa do tráfego aéreo da manhã, teve de esperar quase 20 minutos para aterrissar. Com isso, o comandante brindou a todos com um espetacular passeio turístico. Passaram perto do Pão de Açúcar, viram o Redentor ao longe e sobrevoaram quase todas as praias. Infelizmente só poderia visitar a cidade depois do trabalho feito. Os passageiros do Rio desembarcaram e o voo continuou até seu destino.

Chegando a São Paulo, havia um carro à sua espera, que seu editor havia pedido, com um motorista bilíngue. Não que fosse necessário, a infância em Coimbra permitia que compreendesse perfeitamente os brasileiros. Ou assim ela achava. Mas foi muito útil. Rubens a esperava com um cartaz nas mãos.

– Mademoiselle Julie?

– Bonjour, Rubens. Está a esperar há muito tempo? O avião demorou um pouco no Rio.

– Não. Apenas a uns 30 minutos. O senhor Olivier me disse que você falava um pouco de português, mas não que falava tão bem!

– Bom, ele não fala português, então não poderia me avaliar – falou sorrindo com um brilho que Rubens ficou maravilhado. Era bonita, sem dúvida. Alta, elegante, traços finos e roupas simples que realçavam sua leveza. O sotaque era engraçado, muito acentuado, que somava os erres franceses ao ritmo lusitano. Mas isso só parecia mais encantador naquela mulher que ainda não tinha 30 anos.

Combinaram o caminho a seguir. Ela pediu um pequeno passeio pela cidade. A estrada que daria acesso mais rapidamente à ilha estava em obras, portanto teriam de cruzar São Paulo e viajar pela Rodovia dos Imigrantes. Na saída do aeroporto ela viu os primeiros contrastes. Uma estrada excelente; passou por um hotel de luxo, depois por uma área industrial, onde fábricas eram entremeadas por casas humildes e às vezes favelas, casas improvisadas, amontoadas e feias. O carro margeava um rio largo. Depois de 20 minutos fez um retorno e cruzou uma ponte. Agora havia comércio e prédios. Passaram pelo centro antigo, onde uma feira de artesanato enchia uma grande praça entre prédios aparentando 40 ou 50 anos. Achou engraçado Rubens referir-se a prédios com 50 anos como "antigos". Como era domingo, puderam dar-se ao luxo de passear rapidamente pelos Jardins, a área mais sofisticada da cidade, onde se viam lojas de grifes mais refinadas da Europa, pela Avenida Paulista, o centro financeiro de São Paulo, pelo bairro japonês da Liberdade com suas vitrines cobertas de ideogramas.

Tomaram então a Imigrantes, uma estrada muito moderna que cruzava uma montanha coberta pela floresta tropical! Depois de uns 50 quilômetros chegaram aos pés da montanha onde havia um parque industrial com refinarias e, depois, a uma nova estrada bem mais estreita, que Rubens chamou de Rio-Santos. Depois de uma hora começaram a revezar à sua janela pedaços de mata tropical e praias belíssimas, geralmente entre morros que faziam a estrada subir e descer, oferecendo a cada curva uma paisagem diferente e surpreendente para uma estrangeira. Uma pequena ilha próxima ao continente, uma baía, uma praia longa e reta, outra baía. As praias normalmente eram ocupadas com condomínios de casas amplas e aparentemente caras. Pequenos comércios postavam-se ao longo da estrada, de postos de gasolina a lojas charmosas. Muitos carros voltavam na outra pista, pessoas que deveriam estar terminando seu fim de semana nesse paraíso para retornar a São Paulo.

Duas horas depois de deixarem a capital, chegaram a São Sebastião, uma pequena cidade litorânea aos pés da montanha – Serra do Mar, como disse Rubens. Passaram por um pequeno pedágio e pararam em uma fila de automóveis. No sentido oposto, muitos e muitos carros voltando para casa. Alguns minutos depois, entraram na balsa que os levaria finalmente à ilha.

A ilha!

Era completamente diferente do que imaginara. Era uma ilha muito, muito grande. Na verdade, era uma continuação da Serra do Mar. Uma verdadeira montanha, mais tarde saberia, mais de mil metros de altura, cercada pelas águas do Atlântico. Podiam-se ver algumas das praias voltadas ao continente. Uma linha de grandes casas dava a entender que havia uma rua ou estrada circundando a ilha. Muitas casas, verdadeiras mansões, penduradas 50 ou 60 metros nos rochedos, sobre o mar, entremeadas por longos espaços ocupados apenas pelo verde da vegetação. Em alguns pontos a ocupação parecia mais densa, formando pequenos povoados. E o impressionante paredão verde ao fundo, subindo íngreme até tocar o céu azul.

Prestava atenção também nas pessoas que estavam na balsa. Algumas estavam a pé. Pessoas simples, algumas famílias, alguns carregando bolsas e dois ou três caixotes, sentavam-se no banco que corria lateralmente na embarcação. Sobre o banco uma passarela, com uma escada de acesso, servia de mirante para aqueles corajosos em enfrentar o sol do quase meio-dia. Os carros, 40 ou 50, eram de todos os tipos possíveis. Um furgão velho transportava várias pessoas enquanto à sua frente um jipe americano caríssimo levava um casal de meia-idade, a mulher com um poodle no colo. Carros de jovens com pranchas de surfe, uma Toyota velha com um casal de 20 e poucos anos, lotada de equipamento de mergulho, algumas motos.

Havia uma sensação de liberdade, de alegria que permeava tudo e todos. Ela sorria sem saber por quê.

A balsa atracou, depois de 20 minutos de travessia. O táxi desceu pela pequena rampa e alcançou a rua. No lado oposto, uma longa fila de veículos sugeria que o fim de semana deveria ter sido bem agitado. Garotos vendiam sorvetes, doces e refrigerantes para refrescar os cansados turistas. Segundo Rubens, a fila estava pequena. Às seis da tarde sim, ela deveria ter de seis a sete quilômetros. Era o único ponto fraco da ilha, a balsa na alta temporada, mas também era o que permitia regular o número de visitantes, preservando a beleza do lugar.

Entraram à esquerda, rumo à costa norte. Uma avenida de paralelepípedos passava por entre lojas de material de construção, botecos e um posto de gasolina. Viam-se muitos anúncios de pousadas, às vezes um ou outro *camping*. Após dois quilômetros, a avenida passou a margear o mar, as lojas e casas passaram a ser mais sofisticadas. A praia naquela parte da ilha era muito estreita e a areia, escura. Algumas árvores à beira-mar cobriam canoas de pescadores. Andaram mais um pouco e chegaram a um ponto em que dezenas, centenas de barcos dos mais diversos tipos e tamanhos estavam ancorados por vezes a 20 metros da areia. Ela gostou especialmente dos nomes, pintados sempre na parte de trás das embarcações: dois veleiros brancos praticamente gêmeos, de 35 pés, "Nathália" e "Isabelle", ancorados lado a lado. Uma pequena lancha, que daria no máximo para duas pessoas, a "Tônaminha" parecia um brinquedo entre dois iates. Um belo catamarã, veleiro de dois cascos, trazia um ideograma na vela e o nome "Tempestade" na popa. Outro veleiro amarelo de três cascos paralelos, um trimarã, tinha uma boca de peixe pintada em vermelho e o nome "Barracuda". E muitos outros.

Entraram à direita depois de um restaurante italiano, andaram menos de dois quarteirões e pararam. A pequena pousada foi escolhida por Julie pela internet. O senhor, meio calvo, que falava ao telefone, despediu-se, desligou-o e foi auxiliá-la a carregar suas duas malas.

Despediu-se de Rubens, que entrou no carro e voltou a São Paulo. Estava preenchendo o cartão de hóspedes quando o senhor calvo, que havia se apresentado como José, começou a dar instruções ao funcionamento da pousada. Ela ouviu atentamente e depois perguntou:

– Senhor José, como faço para procurar uma amiga cá na ilha? Ela deveria ter me avisado em que pousada estaria, mas não conseguimos nos comunicar antes de minha partida.

– Bom, posso tentar ligar para as outras pousadas, mas são realmente muitas na ilha, e temos muitos turistas por esses dias. Sua amiga não lhe passou nenhuma informação sobre onde ficaria?

– Infelizmente não. E temo que ela não esteja nos hotéis mais badalados de cá, pois gosta muito de silêncio e privacidade. Talvez nas pousadas menores e mais distantes...

– Bom, uma das possibilidades então são os chalés mais afastados. São sempre procurados por aqueles que preferem o silêncio à festa dos turistas de fim de semana. Como é o nome de sua amiga?

– Charlotte Cumming. Ela é inglesa, e chegou por essas bandas três dias atrás.

José olhou para ela de maneira diferente, um pouco surpreso talvez, disse "pois não" e a levou até o quarto, no andar superior.

Julie estava encantada com o lugar. Como imaginou, simples, mas confortável. Uma cama de casal, um sofá em frente a um armário, com TV e uma pequena geladeira. Um ventilador no teto e uma mesinha, perto da porta do banheiro. Alguns quadros, uma maquete de barco de pesca sobre a TV e flores sobre a mesinha. A janela dava para uma pequena área com piscina e gramado.

Desarrumou as malas, pendurou suas roupas no armário. Checou o celular. Ainda estava funcionando, mas não ousaria usá-lo. Primeiro porque provavelmente a conta seria uma fortuna, segundo porque a coisa que menos combinava com aquele lugar paradisíaco era um telefone...

Tomou um banho rápido – o calor era forte – e trocou de roupa. Uma saia, sapato baixo e blusa branca de algodão. Passou filtro solar, colocou um frasco de repelente de mosquitos na bolsa – achava que poderia ser necessário – e trocou a bateria de sua pequena câmera fotográfica. Qualquer jornalista sério não sai de casa sem uma. Está certo que ali ela nem se lembrava de que era jornalista, mas hábitos são hábitos.

Trancou a porta, pôs a chave, com um chaveiro simpático de golfinho, na bolsa, e desceu a pequena escada que levava à recepção. Já ia saindo quando ouviu:

– Senhorita Julie? Um momento, por favor.

– Pois não?

– Aqueles senhores gostariam de falar com a senhora. É sobre sua amiga.

– Obrigada, senhores...

– Carlos, delegado de polícia da ilha. Esse é Jorge, da prefeitura.

– O senhor José disse que vocês têm notícias de Charlotte...

Os homens se olharam. Carlos tirou algo do bolso de trás e passou às mãos de Julie. Era um passaporte. Ela o abriu.

– É essa sua amiga, senhorita?

– Sim, é ela mesma. Como ela está, algum problema?

– Infelizmente sim. Sinto dizer que ela foi achada morta, dois dias atrás.

Capítulo 3

As pernas bambearam. Ela se apoiou no encosto do pequeno sofá da recepção e se sentou. Os três homens se aproximaram, com ar preocupado. José falou em buscar um copo de água e se afastou.

Um tapa da realidade. A ansiedade da viagem, as novas impressões, o ambiente agradável, tudo fez com que ela se esquecesse da situação em que estava metida. Parecia que aqueles dias na ilha seriam apenas uma agradável temporada de férias. Sol, mar e música.

E agora isso. Mais uma morte. E, dessa vez, a morta era sua principal fonte. Mas como? Charlotte mal havia chegado à ilha. E ela vinha exatamente em busca de ajuda, para evitar que a história se repetisse. Segundo ela, "para romper o círculo de sangue", a fim de poder retomar sua vida, sem o medo constante de não estar só. Julie chegou a achar que ela sofria de paranoia. Afinal seu comportamento era muito estranho. Foram necessários quase seis meses para que um vínculo de confiança se estabelecesse entre as duas. E isso só aconteceu porque, segundo Charlotte, "o equilíbrio exige a presença de um elemento de suporte, e sua chegada significa que você é esse elemento. Sincronicidade".

Lógico, Julie não entendeu nada. A pobre Charlotte precisava de um psiquiatra. Mas era o único elo entre os envolvidos. Tinha, portanto, de acompanhá-la, tirar leite de pedra.

Agora ela estava morta.

— Delegado, desculpe meu estupor, mas, quando aconteceu, como? Ela chegou há poucos dias...

— Senhorita, foi realmente estranho. O corpo de sua amiga foi achado por um garoto de 12 anos que passava de bicicleta. Ele notou algo diferente no meio do mato e foi ver o que era. Apavorado, coitado, entrou no pequeno bar que existe próximo à estrada e chamou o dono, que depois de confirmar o fato nos chamou. Poucos minutos depois apareceu o caseiro do chalé que ela havia alugado, que a reconheceu prontamente. Achamos seus documentos, suas passagens aéreas e o *ticket* do táxi especial que a trouxe até a ilha. Sua amiga tem algum histórico de uso de entorpecentes?

— Como?

— Drogas. O caseiro disse que ela pediu água quente à tarde, logo que chegou, para preparar um chá. Fizemos uma busca em suas coisas e achamos alguns itens, vamos dizer, exóticos. Muitas ervas e pós que foram mandados para análise e uma espécie de diário. As portas dos fundos e da frente do chalé estavam abertas e alguns objetos estavam espalhados pelo chão, como se tivesse ocorrido algum tipo de luta. Ela foi encontrada praticamente nua, usando somente uma espécie de capa de chuva, apenas a 150 metros do chalé, que é um pouco afastado da rodovia. Havia dilatação das pupilas. A *causa mortis* provável foi parada cardíaca. Além disso, ela estava armada com um tipo de faca. Tudo nos faz crer que ela tenha sofrido um quadro alucinatório resultante do uso de algum alucinógeno desconhecido. Acha isso possível?

— Talvez.

— Pode ser mais detalhista, por favor?

— Certo. Ela estava a sofrer de um quadro de síndrome do pânico. Tinha fobia de lugares escuros ou fechados, mania de perseguição e terrores desmotivados. Tratou-se com médicos anos atrás e aparentemente estava sofrendo uma recaída. Mas drogas? Sinceramente tenho cá minhas dúvidas.

— Trabalhamos sempre com a hipótese mais provável. Se bem que, com seu testemunho, podemos pensar também em suicídio por envenenamento. A fuga para a estrada pode ter sido resultado de um arrependimento de última hora.

— Só a faca não faz sentido, nesse caso.

— É verdade. A senhorita por acaso é investigadora?

— Repórter.

— E o que faz aqui?

— Ora, uma antiga amiga de Charlotte sempre falava do Brasil e dessa ilha. Parece que esteve aqui algumas vezes no passado. Eu precisava descansar e ela sugeriu o lugar.

— Vocês se conhecem há quanto tempo?

— Um ano aproximadamente. Temos amigos em comum.

— Sei. Poderia vir conosco até o lugar em que ela estava hospedada? Talvez use seu faro de repórter para achar mais alguma coisa.

— Pois não, terei prazer em ser útil.

Ela entrou no carro da polícia, um jipe Land Rover. O delegado e o rapaz da prefeitura entraram também, o delegado ao volante. Fez um contorno e retornou em direção à balsa.

— Desculpe se pareço grosseiro, mas esse caso é desagradável. Mesmo no auge do verão, quando temos quase 100 mil pessoas na ilha, é raro acontecer algo mais grave. Pequenos furtos e brigas de bêbados, mas só. Especialmente agora, que iremos começar a temporada, a morte de uma turista, ainda por cima estrangeira, pode incomodar muita gente.

— Compreendo.

Passaram o acesso à balsa e continuaram para o lado sul da ilha. A avenida principal virava agora uma pequena estrada. A cada curva, uma nova paisagem, casas muito grandes, praias e até uma ilhota colada à ilha principal, onde se viam inúmeros barcos. As praias ainda estavam cheias. Mas essa beleza não inspirava agora o mesmo encantamento de horas atrás.

Entraram por uma rua à esquerda, subindo a ilha. O delegado parou o carro. Desceram.

— Ela foi achada aqui, entre essas moitas. Caída com o rosto para cima, a capa aberta e a faca na mão.

— Violência sexual?

— Nenhum sinal.

Julie teve uma sensação muito desagradável. Um frio na espinha, medo de algo que não sabia identificar. Ficou pálida, uma lágrima correu do olho direito.

— Desculpe, senhorita, acho que não foi uma boa ideia. Vamos voltar a seu...

— Não. Estou bem. Só um pouco chocada. Esperava estar com Charlotte em uma praia agora, tomando margueritas ou caipirinhas. Não vendo onde ela morreu. Mas estou bem... De onde ela veio?

— Daquele muro verde, ali em cima. É um conjunto de seis chalés, alugados a turistas. Um caseiro vive com a mulher lá. Na hora provável do... da ocorrência estavam na vila.

— Vamos até lá?

— Pois não. A senhorita na frente.

Em vez de voltar direto para a estrada, Julie foi por uma trilha paralela no meio do mato, que lhe parecia um atalho. Cabisbaixa e triste, parou subitamente.

— Delegado?

— Sim?

— Venha cá – disse, apontando para o chão. – A tal faca estava limpa?

— Não, na verdade havia lama na...

Um círculo riscado no chão. Risco fundo feito com o auxílio de uma ferramenta. Viam-se três desenhos, como em um relógio, às doze, três e seis horas. No lugar das nove horas, marcas de pés descalços, as últimas de uma trilha que vinha do chalé, entravam no círculo e ali se confundiam.

— Conheço esse símbolo. Vi uma vez em uma anotação de Charlotte.

— O que significa?

— Não sei, mas acredito que ela tenha feito esse desenho. O estranho é que não se veem passos saindo do círculo, e como o senhor disse, ela foi encontrada a quase 25 metros desse ponto.

— Droga, essa merda está piorando. Espere um minuto, vou ao carro buscar minha câmera fotográfica.

Enquanto esperava o delegado, Julie pegou sua própria câmera e fotografou o círculo. Guardou-a rapidamente e fechou a bolsa. Havia algo muito errado. Não acreditava no envenenamento, proposital ou não. Charlotte era meio doida, mas suicida? Nem pensar. Muito menos descuidada. Era inteligente e extremamente concentrada. E como havia ido do círculo ao ponto em que foi encontrada, voando? Tinha a sensação de que o delegado escondia algo. Mas, visto que ela mesma também escondia informações...

Virou o rosto rapidamente, respondendo à nítida sensação de estar sendo observada. A três metros dela, um homem parado a olhava. Não olhava para ela, olhava dentro dela. A sensação de estar sendo invadida era tão forte que aquele olhar era obsceno. Ela ficou tonta, fechou os olhos e sacudiu a cabeça.

– Senhorita, desculpe a demora...
– CADÊ ELE?
– Ele quem?
– Havia um homem na minha frente agora. Baixei a cabeça um segundo, não pode ter evaporado!

No rosto do delegado estava escrito claramente "mais uma doida". Julie percebeu.

– Desculpe, deve ser o sol. Achei que tinha alguém aqui, junto a nós.
– Tudo bem, acontece.

Dito isso, fotografou o local do círculo e fez algumas anotações. Seu celular tocou, o delegado atendeu prontamente. Desligou.

– O consulado inglês em Santos acabou de responder. Já entraram em contato com a família e deverão se responsabilizar pelo translado do cadá... Do corpo de sua amiga até Londres.
– Terei de fazer um reconhecimento do corpo?
– Não – respondeu coçando o pescoço –, seria um sofrimento desnecessário para a senhorita. A identificação pela foto do passaporte não deixa dúvidas. Além do quê o corpo está no necrotério de São Sebastião, e deve seguir para Santos ainda hoje.
– Quanto ao chalé?

– Acabei de falar com a esposa do caseiro. Já foi desocupado e limpo. Não há mais informações por lá. Sugiro que volte à sua pousada e tente descansar.

Entraram no carro e voltaram à pousada. Nenhuma palavra foi dita. E, por mais que se esforçasse, ela não conseguia se lembrar do rosto do estranho que estivera à sua frente.

Capítulo 4

Ela andava apressadamente dentro do mato. A luz que vinha da lua cheia mal passava por entre as copas das árvores, fazendo com que tropeçasse seguidas vezes nas raízes e pedras da trilha estreita. Às vezes um galho fino batia em seu rosto, machucando levemente. Ela via que as nuvens carregadas estavam se aproximando do continente e logo encobririam a lua, deixando-a ainda em pior situação.

Havia muitas sensações confusas. Ela podia ouvir claramente as ondas fortes do mar, que deveria estar agitado, mas não conseguia definir de onde vinha o som. Quando achava que estava indo em direção à praia, o som das ondas mudava de posição, para um lado de sua cabeça, para outro, às vezes às costas. Isso a deixava desorientada e começava a causar náuseas. A trilha deveria simplesmente descer rumo à costa, mas subia e descia repetidas vezes.

Ouviu um barulho diferente à sua esquerda. Passos. Parou. O som também. Deu meia dúzia de passos. Um galho estalou atrás de si. Mais meia dúzia de passos. Ouviu agora três estalos seguidos, que se aproximavam velozmente.

Respirou fundo. E correu. Correu como nunca. O som vinha atrás dela, aproximando-se aos poucos. Ela tropeçou, deu dois passos tortos e caiu em uma ribanceira à sua direita, rolando morro abaixo. Algo vinha em sua direção. Ela começou a bater os braços desesperadamente à sua frente como proteção. Havia algo em cima dela...

Vidro quebrado.

Levantou-se de um salto. Suor em todo o corpo, coração disparado, vontade de chorar. Estava no quarto da pousada. No chão, os cacos da garrafa de água mineral que havia arremessado contra a parede com um tapa durante o pesadelo.

Ficou na cama mais dez minutos, se recuperando e xingando por agir como uma criancinha de colo. Bela repórter! Cadê o distanciamento crítico dos fatos?

— Deve ter ficado na França.

Levantou-se. Maldito calor. O que tinha vindo fazer nessa terra distante e esquisita? Bem que falaram que o país era perigoso. Merda de pesadelo. Merda de situação. Delegado mentiroso. Devia ser corrupto ou incompetente. Talvez os dois. Aliás, tinha de ser os dois, nesse lugar atrasado. E ainda havia olhado para ela com aquele ar condescendente, "coitadinha da maluca"! Como odiava esse lugar, queria ir para casa. Dane-se a ilha, dane-se a parada no Rio. Queria voltar à civilização. Como odiava esse lugar...

Após um banho rápido, melhorou o humor. Um pouco. Já conseguia sorrir civilizadamente sem que o sorriso parecesse um rosnado. Foi à recepção. O relógio da parede marcava nove horas da noite. Como se arrependia do cochilo!

— Senhor José, bom noite.

— Boa noite, Julie.

— Saberia me indicar um bom restaurante? Meu dia não foi agradável, necessito realmente de uma boa refeição.

— Imagino, Julie, e sinto muito. Gostaria que estivesse curtindo sua viagem.

— Curtindo?

— Aproveitando, gostando — disse José, sorrindo. — Mas quem sabe as coisas não melhoram, não é mesmo? Acho que seria interessante você dar um pulo na vila. Lá tem restaurantes de vários tipos. Você vai gostar.

— Vila? Não estamos na vila?

— A vila é a parte mais antiga da cidade. São quatro, cinco quarteirões onde tem a igreja antiga, o fórum e muitas lojas, bares e restaurantes. Ande um quarteirão até a avenida da praia e vire à direita. Não dá dois quilômetros de caminhada.

— E é seguro? Já é tarde.

— Totalmente. Vá sem medo.

— Existe alguma livraria decente na vila?

— Duas, muito boas. Você vai achar até algumas coisas em inglês e francês.

Ela agradeceu e saiu. Andou um quarteirão e chegou à praia. Atravessou a rua e foi andando pela calçada que margeava a areia. Céu estrelado, ondas mínimas no mar quase parado, canoas de pescadores descansando na praia estreita e os veleiros e lanchas ancoradas logo à frente. Alguns carros passavam, muitas pessoas andando na rua. Um trailer de lanches – Rotdogui, estava escrito, bem-humorado – onde oito ou nove mesinhas estavam cheias de gente. Na mesa do meio, quatro homens, um com um violão, outro com uma espécie de bandolim, um pandeiro, um chocalho, cantavam sambas animados. A maior parte das outras pessoas cantava, copo de cerveja ou caipirinha na mão, duas mulheres dançavam sozinhas um passo miúdo de carnaval.

Ouviu a música mais um pouco e depois retomou a caminhada. A noite era fresca, ela prestava atenção ora às luzes distantes de São Sebastião, do outro lado do canal de seis quilômetros de largura, ora às árvores que apareciam dos dois lados da rua. À sua frente, a rua se dividia ao redor de uma praça, que ficava entre o mar e a igreja antiga. Do outro lado da praça, algumas lojas onde antes deveria ser um casarão colonial.

Julie atravessou a praça e começou a observar as vitrines. Roupas leves, muitas com desenhos de barcos. Uma loja de material de mergulho, outra para surfistas. Butiques sofisticadas ou simples, quase todas charmosas. Um pequeno restaurante japonês. Uma agência bancária, uma loja de conveniências, mais lojas.

Depois de uma loja de perfumes importados com preços exorbitantes, na rua à beira-mar, ela viu uma vitrine com revistas e jornais, inclusive o francês *Le Monde*. Entrou. Na verdade a loja era um misto de livraria e café. Muitas pessoas conversando no balcão ou folheando revistas e livros entre as prateleiras.

Aproximou-se do balcão. Algumas tortas em redomas de vidro e petiscos em uma pequena vitrine. Uma máquina de café expresso, chás variados e outra máquina com um tipo de chocolate. Duas meninas atendiam aos fregueses, enquanto outra estava na caixa registradora.

– Olá. Já pediu?

– Do que é feita essa torta caramelada?

– De banana. É muito boa. Também temos torta de abacaxi e *strudel* alemão.

– Gostaria de experimentar a de banana. E um café expresso, faça o favor.

– Uma bola de sorvete de creme junto com a torta?

– Sim. Não, duas, por favor.

– Quinze reais. Pode se sentar em uma daquelas mesinhas que já te sirvo.

– Obrigada.

Uma pequena mesa com três poltronas. Pegou um livro na estante próxima, um romance de um famoso escritor brasileiro, que já conhecia. Começou a folheá-lo.

– Olá. É seu?

À sua frente, um homem de mais ou menos 30 anos, bem alto, queimado de sol, estava curvado e sorrindo para ela.

– Meu?

– O pedido.

Nas mãos, uma bandeja com sua torta e um café.

– É. É meu, obrigada – disse, pegando a xícara e o prato com a torta. – Obrigada.

– De nada. Não lembro de ter te visto antes...

– Primeira vez aqui. Julie Paget – estendendo a mão.

– Marcos. Sou um dos donos desse lugar. A moça do caixa, Anna, é minha sócia. Como foi o fim de semana?

– Na verdade, cheguei hoje.

– Pena! Tivemos uma bela regata de veleiros oceânicos ontem. E aqui mesmo na vila, uma apresentação de música. Chorinho e MPB...

– É realmente uma pena. Mas não faltarão oportunidades.

– Com certeza. E seus amigos?

"Morreram", pensou, amarga.

– Vim só.
– Bom, não terá dificuldades para fazer amigos por aqui. Vou dar uma mãozinha para Anna e volto daqui a pouco para conversarmos, pode ser?
– Claro, será um prazer.

Depois do que foram longos 15 minutos para Julie, Marcos voltou e sentou-se.

– Posso?
– Por favor. Está bem movimentado, não? É sempre assim?
– Precisava ver ontem. Hoje é domingo, muitos turistas já voltaram para São Paulo. Como veio parar aqui?
– Uma amiga esteve por essas paragens algum tempo atrás. Vou ao Rio depois.

Conversaram por mais de meia hora. Amenidades. Ele falou muito sobre a ilha, ela sobre a vida na França. Anna se aproximou, sentando no braço da cadeira de Marcos:

– E aí, tudo bom?
– Anninha, esta é a Julie, recém-chegada de Paris, primeira vez no Brasil. Estava falando para ela das atividades "extrapraia" da ilha. Caminhadas, cachoeiras, caça submarina, vela...
– Está com sorte, querida, achou um especialista no assunto. Esse aí adora mato – disse, simulando desdém.
– O expediente está acabando, relaxe. Peça dois cafés pra gente, sente aqui.
– Mas...
– Sente. Roberta! Dois cafés puros, por favor! Olhe o livro que ela estava lendo...
– Gosta desse autor? – perguntou Anna.
– Nunca li. É bastante conhecido na minha terra, mas acho muito fantasioso.
– Não viu nada, querida. Essa ilha é mágica. Pretende ficar quanto tempo aqui?

— Ainda não sei. Alguns dias.

Continuaram a conversar. Marcos acendeu uma pequena vela que havia em todas as mesas e começou a brincar com ela enquanto falava. Passava por ela um pequeno charuto, sem acendê-lo. Falaram durante muito tempo. Ele foi até o balcão.
— Aceita um vinho do Porto? Para matar as saudades da tua época portuguesa – disse, sorrindo e estendendo um pequeno cálice de prata.
— Grata. Humm, muito bom. Excelente vinho. Mas... De onde é esse cálice? É lindo!
— Lembrança de uma tia. Gostou dele?
— Muito. Tem algo diferente. É... familiar, tem algo agradável, deve me lembrar algo da minha infância em Lisboa.

Marcos olhou ligeiramente para Anna. Julie não percebeu.

Capítulo 5

Cansaço. Já estavam andando havia duas horas. Fizeram uma parada em uma linda cachoeira, descansando sob a queda d'água. O mato fechado protegia do sol. Podia-se ouvir dezenas de pássaros. Algumas borboletas pousadas à beira do riacho. O verde da mata brilhava sob o sol, parecia ter luz própria.

Encheram os cantis com água, colocaram as mochilas às costas e recomeçaram. À frente Marcos, depois Julie e Anna no final. Foi ideia de Marcos aproveitar a segunda-feira, dia de descanso de quem trabalhou todo o fim de semana, mostrando algumas das belezas naturais no lado selvagem da ilha, voltado para o mar aberto, para sua nova amiga.

– Estou adorando a aventura, mas não garanto que irei suportá-la dignamente até o final!

– Calma, Julie – disse Anna –, apenas mais 40 minutinhos. E agora é descida. Além da cachoeira, iremos até uma praia. Temos um amigo que foi mais cedo e deve ter caçado alguns peixinhos. Vamos fazer um almoço na praia e voltamos com ele de barco.

Julie assentiu com a cabeça e continuou. Marcos e Anna falavam algo sobre compras para o café, discutiam preços. Ela economizava o fôlego e aproveitava a paisagem, maravilhada.

Quando começaram a descer a trilha, Julie teve um ligeiro desconforto. Como esse lugar parecia a trilha de seu sonho! Lógico, não havia a atmosfera sombria, mas que parecia...

Uma curva, e um despenhadeiro apareceu à sua direita. Ela estacou e engoliu em seco. Anna vinha logo atrás, colocou as mãos em seus ombros e brincou, empurrando suavemente:

– Ande, portuguesa mole!

Ela continuou, tentando esquecer as semelhanças com seu sonho. Mais um pouco e viu uma pequena praia. Ainda do alto, via-se uma lancha próxima ao costão de pedra, e uma pessoa mergulhando, solitária.

Foi com alívio que ela chegou à areia, tirou os tênis, sentindo a areia branca, macia e morna entre os dedos. Marcos e Anna arrancaram as botas e, já de roupa de banho, entraram no mar, nadando até a lancha.

Julie estava sentada sob as árvores. Apreciava a paisagem luminosa, sentia o cheiro do mato misturado ao do mar. Observava seus novos amigos na lancha, pareciam estar colocando pés de pato, preparando-se para mergulhar. Fizeram um sinal para ela, convidando, mas o cansaço era muito. Ela preferia descansar, saboreando cada segundo da paz que sentia.

Mas inexplicavelmente começou a sentir-se triste. Ainda achava tudo lindo, mas havia uma nota de solidão, perda. Como em um daqueles filmes românticos que ela adorava. Era como o fim de um amor.

Depois de quase uma hora, os amigos recolheram a âncora e aproximaram a lancha da praia. Julie viu chegando Marcos, Anna e...

– Delegado?
– Senhorita Julie?
– Vocês se conhecem? – perguntou Marcos.

Seguiu-se uma longa explicação sobre os fatos do dia anterior. Enquanto conversavam à sombra das árvores, Marcos preparou uma anchova, peixe de carne branca e saborosa, caçada minutos antes. Trouxeram a churrasqueira da lancha e cerveja.

– Bom, Julie. Aqui na ilha todos se conhecem. Na verdade, nós três já éramos amigos em São Paulo. Logo depois que eu abri o café, o Carlos pediu transferência para cá e conseguiu. Em seguida Anna deixou os quatro hospitais em que trabalhava como médica e veio ser minha sócia. Realmente sentimos muito por sua amiga, já tínhamos ouvido falar do ocorrido. O que podemos fazer é tentar tornar sua estada na ilha a mais agradável possível.

– Aliás, tenho uma sugestão – disse Anna. – Nossa casa é muito grande e podemos lhe oferecer um quarto. É nossa convidada. Recebemos sempre amigos de fora.

– Eu não gostaria de incomodar. Eu seria uma estranha na rotina romântica de vocês...

Marcos, Anna e Carlos começaram a rir e Julie não entendia a graça. Será que tinha usado uma daquelas expressões lusitanas que os brasileiros não entendem? Diziam que algumas eram até obscenas...

– Nossa casa – tornou Anna – na verdade é uma pousada que arrendamos e estamos reformando, queremos que esteja pronta no fim do ano. Eu tenho um apartamento lá e Marcos outro. Temos mais 13 suítes e podemos ceder uma para você. Quanto ao casal, você passou perto – e, dizendo isso, beijou Carlos.

– Você e o delegado?

– Julie, se vai ser nossa amiga, me chame de Carlos. Se me chamar de delegado de novo, prendo você!

– Então, nesse caso, senhorita é a vó!

– Já está abusando! – disse Carlos, rindo.

Comeram o peixe assado, rindo e contando histórias. Até o delegado, quer dizer, Carlos, já não parecia tão antipático. A cara fechada era uma exigência do cargo. Ou ele achava que era. Naquele momento, eram só quatro amigos "curtindo" a praia, como diziam aqueles brasileiros malucos. Realmente estava a gostar deles.

– Carlos, há algumas coisas sobre o caso de Charlotte que não lhe contei.

Todos ficaram sérios. Carlos e Marcos se olharam. Anna Interrompeu:

– Precisa contar agora?

– Acho que não – disse Julie.

– Ele vai ter que prender você?

– Não!

– Então depois vocês conversam. Não vamos estragar o dia de hoje com esse papo pesado. De tétrico, basta o nome da praia.

– Como assim?

– Não lhe dissemos? Esta é a praia da Caveira. Tem esse nome porque em mil novecentos e pouco um navio de passageiros chamado *Príncipe das Astúrias* bateu na ilha. Você assistiu ao *Titanic*?

– Sim, por quê?

– A história é quase a mesma. Só que no lugar do *iceberg* foram os rochedos da ilha. Ventos, ondas gigantes e uma grande quantidade de rochas magnéticas que desviam agulhas de bússola, somados, trouxeram o navio até aqui, que afundou. Oficialmente morreram quase 500 pessoas, mas, como no filme, havia uma grande quantidade de gente não registrada na terceira classe. Alguns falam em 1.200 mortos. Alguns corpos foram parar na praia de Castelhanos, mais ao sul da ilha. E muitos vieram dar nessa praia. Alguns nativos mais velhos viram isso. Por isso essa praia chama "praia da Caveira".

– Por isso eu senti a tristeza! – disse Julie.

Marcos olhou para Anna de novo, dessa vez com um sorriso. E dessa vez Julie percebeu.

Capítulo 6

A sala era ampla, dividida em dois ambientes em diferentes níveis. Na parte mais baixa, três grandes sofás em "u" em frente a uma parede onde havia uma grande televisão, uma estante com livros e DVDs e uma lareira, que deveria ser acesa muito raramente. Na parte mais alta, seis mesas redondas, cada uma com quatro cadeiras de espaldar alto. Um balcão com bancos de bar separava a sala da cozinha. Quadros espalhados em todas as paredes, muitos assinados pelos próprios donos da pousada. A parede voltada para a área externa era tomada por grandes janelas de vidro em armação de madeira quadriculada. O teto era alto, a armação de madeira aparente, todo forrado por grossas tábuas, e o piso era de cerâmica clara. Havia algumas plantas nos cantos da sala e esculturas atrás do balcão.

Julie sentou-se no canto de um dos sofás, enquanto Carlos e Anna sentaram em outro. Marcos pegou uma das cadeiras e afastou a mesa de centro, onde pôs uma bandeja com quatro taças de vinho e um prato com queijos e pão. Serviu a todos e sentou-se.

— Gostaria de começar, Julie?
— Certo – disse, respirando fundo. – Tudo começa há um ano. Trabalho para uma revista semanal como *freelancer*. Gosto de jornalismo investigativo, do tipo que rende grandes matérias. Amo isso, respiro isso. Um amigo muito próximo do senhor Olivier, meu editor, faleceu de maneira estranha. Lord Cameron era um reputado

procurador inglês, aposentado morando na França. Uma doença não determinada acabou com sua saúde e muitas complicações, principalmente respiratórias, causaram sua morte em quatro semanas. Um quadro muito parecido com Aids, mas de evolução terrivelmente mais rápida. Uma tragédia. Desgostosa, a família vendeu a casa na qual morava e colocou muitos de seus bens à venda. Sua biblioteca era bastante conhecida e foi entregue a um leiloeiro. Estava estimada em 200 mil libras...

– Uau! Quem me dera poder ter uma coleçãozinha dessas! – disse Anna. – Trezentos mil dólares!

– Exato. Muitos livros raros, edições antigas e manuscritos. O interesse pela coleção foi tanto que os lances resvalaram em 600 mil dólares, em uma disputa inesperada e agressiva. Um milionário americano exibido – como todos os americanos, pois não? – arrematou o lote, que deveria ser embalado e entregue no dia seguinte. O estranho é que, durante a noite, o depósito do leiloeiro foi arrombado, e algumas caixas, roubadas. E não eram exatamente os itens mais valiosos do todo...

– Identificaram os itens roubados? – perguntou Carlos.

– Muitos eram manuscritos ou edições de pouco valor. Tenho uma lista aqui – disse, abrindo uma pasta que trouxera, e passando o papel para o delegado, que o leu e passou para Marcos. Julie achou estranho tratar uma pista de maneira tão... pública, mas pensou que, afinal, eram brasileiros... E continuou:

– O que levantou nossa curiosidade foi uma carta que recebemos de um leitor, após a publicação do obituário de Lord Cameron. Um caso clínico semelhante ocorreu em Zurique seis meses antes. Um professor de línguas. Quando entrei em contato com a família, nada pareceu mais de anormal, até que um sobrinho mencionou o assalto que sofreram, após os ritos fúnebres. Alguém entrou na casa do falecido professor e roubou alguns itens específicos de valor apenas emocional, como cartas e diários escritos por ele.

– Tem uma lista desses itens também? – perguntou Marcos.

– Não, desses não. Fizemos então um levantamento, junto com autoridades da Comunidade Europeia, procurando um ponto de contato que indicasse um possível foco de contaminação, válido em ambos os casos. Nossa busca nos levou a um pequeno hotel na Costa Azul francesa. Era um hotel pequeno, de apenas dez quartos, que havia sido reservado para uma espécie de reunião, três anos antes da morte de Lord Cameron.

– Reunião de que tipo? – perguntou Anna.

– Não sabemos. Descobrimos que as nove pessoas do grupo se comunicavam com alguma frequência e havia laços de amizade entre algumas delas, mas não um interesse específico que fosse comum a todas e pudesse justificar tal reunião. Além disso, havia uma rotina normal quase todo o tempo, menos quando usavam a pequena sala de apresentações do hotel. Nesse caso, fechavam-se lá e não permitiam a entrada de funcionários até o fim dos trabalhos. Ao gerente do hotel, disseram pertencer a uma empresa que estaria lançando um produto na França e necessitavam elaborar estratégias de comercialização, que seriam restritas.

– Mas... – disse Anna.

– Mas tal empresa não existe. Procurei então os outros envolvidos e achamos mais fatos estranhos. Cinco dos outros atendentes à reunião morreram no prazo de dois anos e meio, de mortes acidentais, mas, com o perdão do termo, idiotas. Como um acidente de carro em uma região onde um cego poderia guiar tranquilamente, ou uma queda em banheiro. Nada que levantasse suspeitas, se analisadas separadamente.

– Nenhuma doença estranha a mais? – perguntou Marcos.

– Não, mas morreram, de qualquer maneira. Após duas semanas de investigação, cheguei a mais um dos participantes. Uma jovem viúva inglesa, de família riquíssima, que tinha por passatempo viagens exóticas e, diziam, estudos em ciências ocultas.

– A senhora Cumming? – pergunta Carlos.

– Exato. Ela me evitou por semanas e apenas após muita insistência ela passou a me receber. Conversamos várias vezes, sempre uma conversa truncada e cheia de passos falsos. É como se ela estivesse me testando. Do pouco que entendi, alguém estava perseguindo aqueles do grupo da Costa Azul. A última a desaparecer – Charlotte presumia ter sido morta – foi sua amiga Irene.

— Irene? – diz Marcos

— Sim, da Espanha. Valência, parece-me. Charlotte estava realmente assustada. Precisava de ajuda, e não sabia a quem recorrer. Lembrou então de que Irene falava de um amigo brasileiro com frequência, que morava cá em vossa ilha. Falou-me disso ao telefone. Combinamos então de nos encontrarmos aqui, onde ela me explicaria os acontecimentos. Infelizmente, não houve tempo. E agora estou perdida, sem saber por onde começar.

Marcos, Carlos e Anna entreolharam-se. Era hora de cartas na mesa. Marcos estava estranhamente pálido, o olhar triste. Respirou fundo, olhou para Julie e disse:

— Você já começou, Julie. Eu sou o amigo de Irene.

Capítulo 7

Julie estava de boca aberta, os olhos fixos em Marcos. Que coincidência espantosa! Conhecer Marcos e Anna no café, fazer amizade com os dois e descobrir que eles eram amigos do delegado... ou não era coincidência... Carlos logicamente havia comentado sobre o caso... Marcos se aproveitou da coincidência da visita ao seu café e conseguiu se aproximar dela, cativando sua amizade e conseguindo as informações que ela havia negado ao delegado... Talvez até mesmo a visita ao café tenha sido arranjada com a ajuda de José, da pousada... desgraçado, por isso tão solícito... era um complô contra ela... Talvez eles tivessem alguma coisa a ver com o assassinato de Charlotte... só podia ter sido assassinato, certamente... Marcos devia ser o assassino e Carlos o estava encobrindo, valendo-se de sua autoridade... Anna era o que nessa história? Talvez fossem todos loucos. E agora ela estava só entre eles... levantou-se... precisava de uma arma, de uma saída. Correr para a rua e pedir ajuda...

— Ei, ei, ei, ei! Calma, controle-se – disse Marcos –, ela veio aqui pedir minha ajuda, lembra? Pela sua cara, você está quase saltando em nossos pescoços. Acalme-se, estamos do seu lado...

— Como posso saber disso?

— Saberá. Apenas acalme-se.

Sentou-se. Muito a contragosto, mas sentou-se. Olhava agora os três com muita desconfiança. Não eram mais seus novos amigos. Eram três estranhos, potencialmente perigosos. Carlos e Anna estavam calados, olhando Marcos. Esperavam certamente a iniciativa dele. Ele se levantou, deu alguns passos pela sala, encheu o copo de vinho de novo e olhou para Julie.

– Em que você acredita?
– Como?
– Em que você acredita? Você é católica, protestante, materialista, bruxa... Em que você acredita?
– Sou cristã. Católica de batismo quando criança, mas tenho restrições quanto às ideias do Vaticano. Estudei história e sei a influência do poder laico na religião e como a religião foi usada para conseguir poder...
– Bom começo... O que você sabe sobre outras religiões e culturas?
– Nada muito profundo. Conheço o protestantismo e um pouco de budismo, por quê?

Ele tomou um gole do vinho, colocou a taça na mesa, sentou-se e aproximou seu rosto ao dela, os cotovelos apoiados nos joelhos.

– Existe uma realidade muito mais complexa do que a maioria das pessoas conhece. Costumamos achar que o conhecimento tradicional é certo e absoluto. Mas você mesma disse que estudou história e entende a influência do Poder na divulgação da verdade...
– Conte-me uma novidade. Sou jornalista, lembra-se?
– Sem ironias – disse sério –, escute e depois faça as piadas. – Ele não era mais o mesmo, brincalhão e amável, estava sério. Julie ficou assustada e decidiu não ser irônica.
– O conhecimento tradicional é visto normalmente como um pilar, reto e perfeito, sempre em crescimento. Mas na verdade ele é torto, como se fosse uma árvore podada de baixo para cima. Sempre que há vários galhos, podam-se todos, exceto um. E, nesse mesmo galho, repete-se a operação até a árvore estar seca. Ela parece mais um graveto torto e longo. Cada galho podado descuidadamente, por pressa ou pressão política, é um caminho não desenvolvido, uma ideia ou conceito ignorado. Existem pessoas e escolas que estudam as outras possibilidades, os caminhos não trilhados ou ignorados. São ciências não oficiais, sistemas religiosos ou escolas filosóficas... Sua conhecida, Charlotte – continuou –, pertencia a um grupo

desses, que tinha uma linha filosófica alternativa, digamos. Existem muitos, muitos outros grupos desses ao redor do mundo. Cada um compreende a verdade, ou tenta compreendê-la de acordo com sua possibilidade, e atinge diferentes graus de eficiência e resposta a seus métodos. Está compreendendo?

– Um pouco...

– Certo. Nós somos outro grupo desses. Na verdade, somos parte de um grupo muito maior. O grupo europeu com o qual você teve contato costumava se comunicar conosco, mas afastou-se por não concordar com ideias que aceitamos...

– E vocês, logicamente, estão certos e eles errados – disse Julie com um meio sorriso.

– Não há certo e errado nessa história, minha querida – respondeu com outro meio sorriso, entredentes, lembrando Julie que não estava em situação confortável –, a verdade da totalidade é grande demais para qualquer um de nós. Pode ser que tenhamos opiniões opostas e ainda assim ambos estamos certos, porque analisamos partes distintas da totalidade. O que pode haver são pontos de vista mais abrangentes.

– Então, por que eles se afastaram?

– Nossa linha básica é neoplatônica gnóstica. Traduzindo, cremos na alma e no Deus único. Usamos os métodos que vêm da filosofia oculta ocidental, estudiosos que você ainda vai conhecer. Mas conhecemos outras verdades também, conceitos do Oriente, do Taoismo, Budismo. Crenças que lidam com forças mais próximas dos homens, como as religiões afro-brasileiras. Para eles, estávamos fugindo da pureza de métodos e conceitos. Uma desculpinha que, em nossa opinião, servia para esconder um racismo mal disfarçado.

– E por que ela os procuraria?

– Como estamos longe, não poderíamos ser responsáveis por isso. E se ela era realmente amiga da minha querida Irene, sabia de boa fonte que éramos confiáveis.

– Como ela os acharia? Colocaria um anúncio no jornal?

– Oficialmente ela teve um ataque cardíaco. Ponto final. Queremos discrição. E nenhum tribunal vai acreditar do que vamos tratar. Daqueles tais pós e ervas conseguimos identificar absinto, beladona e mescalina, entre outros. Um método perigoso de amplificar a mente. Nove em dez vezes manda o usuário direto para o hospício, por longos anos. Mas, apesar de racistas, nossos colegas europeus eram eficientes. Duvido que ela tenha errado na mistura a ponto de se envenenar. Ela deve ter utilizado um método simbólico complexo para controlar sua mente, para poder nos achar. Alguma coisa saiu errado durante o processo. Suspeitamos de um ataque de grande poder. Dadas as características da ilha, que você vai entender mais tarde, o responsável é incrivelmente poderoso. E está perto de nós. Todos estamos em perigo. Perigo mortal.

– Não aguento mais isso – disse, de olhos fechados, segurando a cabeça entre as mãos –, desde que cheguei a essa ilha miserável, minha vida tem sido uma montanha-russa! Tive mais... oscilações emocionais em dois dias do que no último ano inteiro. Eu vou embora daqui, esses problemas são seus, não meus. Não tenho nada a ver com isso!

– Desculpe, você está redondamente enganada – disse Marcos, alterando a voz –, você tem tudo a ver com isso. E não pode simplesmente se desvincular de tudo. Se nós a identificamos, quem matou Charlotte também conseguiu. Saia daqui e estará totalmente desprotegida. Não podemos nos responsabilizar por...

– Calma, Marcos – interrompeu Anna –, você está assustando a Julie! Esse é o nosso mundo, não o dela. Ela precisa entender o que está acontecendo. Sugiro explicar em detalhes e deixar que ela tome a decisão...

– É melhor – murmurou Julie, de olhos arregalados –, acho que podemos conversar mais, para que me seja possível compreender...

– Não – disse Marcos –, não há tempo para isso. Você terá que sentir a verdade.

– Como?

– Do lado de dentro. Prepare-se para a maior experiência de sua vida.

Capítulo 8

Foram necessárias 36 horas de preparativos. Um quarto recém-reformado foi limpo e esvaziado dos objetos que continha. Apenas um pequeno tapete, um incensário e um castiçal com uma única vela foram lá deixados.

Julie fez jejum quase completo nesse período. Alimentou-se apenas de água e mel. Tomou um longo banho na banheira do apartamento de Anna – "tão longo quanto queira", esta aconselhou.

Carlos foi à vila. Deu expediente normalmente na delegacia e voltou no fim do dia. Trazia uma bermuda e uma camiseta novas, brancas, para Julie.

Marcos não visitou Julie. Esteve à parte, em seu apartamento. Só apareceu ao pôr do sol.

Os quatro se encontraram na sala principal da pousada. No céu, viam-se apenas a lua e a estrela-d'alva, na verdade o planeta Vênus, que ao crepúsculo aparece às vezes próximo ao horizonte, mais brilhante que qualquer estrela.

– Pois bem, pessoal, agora é para valer. Carlos, você fica em alerta. Está prevenido?

– Sim – disse discretamente mostrando a arma, sem Julie perceber.

– Ótimo, tranque as portas para não sermos interrompidos e apague as luzes. É melhor que pensem que a pousada está vazia, assim ninguém nos incomoda. Desligue o telefone e a campainha. Monte guarda do lado de fora do quarto. Use o quarto em frente. Lá tem uma poltrona. Leve água, jornal, comida, o que achar necessário para passar a noite. Anna, você entrará conosco no quarto. Assuma uma postura confortável no canto do quarto, entre em meditação e esteja alerta. Será nossa reserva, se necessário. Julie, venha.

Entraram no quarto. Anna acomodou-se no canto sentada no chão, as pernas cruzadas. Fechou os olhos e começou a controlar sua respiração. Marcos e Julie sentaram-se no tapete de frente um para o outro, também cruzando as pernas. Marcos pôs a vela de um lado e o incensário do outro, onde colocou um incenso caseiro em espiral, preparado especialmente para aquela ocasião. Acendeu os dois. Pegou as mãos de Julie e olhou em seus olhos.

– Muito bem. Julie, preste atenção. Você está entre amigos. Está segura de todas as formas possíveis. Nós a analisamos nos dois últimos dias de modo que você só entenderá depois de algum tempo, e podemos lhe garantir que está pronta para experimentar o que preparamos para você. Faremos uma viagem. Uma viagem no interior de sua mente. Você irá conhecer melhor a si mesma. Garanto que será maravilhoso. Está pronta?

– Sim.

– Você quer isso?

– Sim! – ela ficou surpresa com seu próprio entusiasmo.

– Certo. Está sentindo minhas mãos?

– Sim.

– Perfeito. Estarei com você todo o tempo. Sou seu guia e protetor. Peço agora que você me acompanhe em tudo que eu fizer. Feche os olhos. Isso. Relaxe os ombros. Respire lenta e profundamente. Você está me ouvindo e pode acompanhar meu ritmo, certo?

– Certo.

Ficaram assim por mais de meia hora. A princípio impaciente, Julie começou a relaxar e acompanhar Marcos. A respiração subia e descia de intensidade, seguindo ciclos cada vez mais longos. Marcos a orientava, pedindo para relaxar determinadas partes do corpo. Às vezes o corpo de Julie oscilava lentamente como se fosse cair e Marcos a endireitava com um pequeno movimento nas mãos. Ela aos poucos foi desligando sua consciência do mundo exterior. Sua mente calou. Totalmente alerta, mas sem nenhum pensamento consciente.

Capítulo 8

Ela viu uma tênue mancha luminosa à sua frente, como um prato a dois metros de distância. Ela não pensou absolutamente nada sobre isso, apenas contemplou a luz da mancha. Outra surgiu perto de sua testa. Outra à sua esquerda. E outra, e outra e outra. Subitamente todas as manchas cresceram e se fundiram, e ela se viu em outro lugar.

A sensação era de uma noite de verão, mas não havia lua ou estrelas no que devia ser o céu. Mas era a sensação de uma noite clara de verão. Na verdade, não havia exatamente um céu. Apenas um imenso espaço acima dela. Esse espaço descia até uma espécie de horizonte, que o separava de uma região mais escura, que parecia um chão, mas não era.

Ela tinha plena consciência de si. Não era algo confuso como um sonho, nebuloso como em uma lembrança. Era nítido. Vívido. Exato. Mas não havia nenhuma percepção de corpo. Não havia mãos ou nariz à frente de seus olhos.

Do horizonte uma luz se ergueu. Como o farol de um carro que vem na direção oposta, quando atinge o alto de um morro. A luz veio em sua direção, ziguezagueando lentamente. À medida que se aproximava, outra luz surgiu do horizonte, um pouco à direita de onde saiu a primeira. Outra surgiu à esquerda. E mais outra e outra. Essas luzes de agora eram nítidas, possantes como holofotes. Quase 20 no total. E vinham em sua direção.

E a sensação que vinha de cada uma delas era magnífica! Primeiro, calor. Cada uma irradiava um calor agradável como o do sol em uma praia. E delas emanavam conforto, paz, bondade e, principalmente, poder!

Julie tinha certeza absoluta de que cada luz daquela era consciente. Uma inteligência individual e superior. E mesmo sem ver diretamente, ela sabia que também estava se apresentando daquela forma! Ela, Julie, era um sol! E podia sentir a presença de Marcos da mesma maneira, sob forma semelhante, ao seu lado.

As luzes se aproximaram mais, em um clarão cegante. Tinha certeza de que Marcos estava de alguma forma a auxiliando a suportar toda aquela força. Sem essa ajuda, não teria aguentado. Teria fugido. E teria sofrido muito com essa fuga, por muito tempo. As luzes os cercaram.

– Amigo Marcos, ouvimos tua invocação e estamos aqui para auxiliar-te – vibrou a voz dentro de Julie.
– Meu amigo, irmão e professor. Tinha certeza de teu pronto auxílio.
– Estamos felizes com teu achado. Tens certeza de que é a pessoa certa, a jovem que te acompanhas?
– Absoluta. Foi observada e testada por nós. É vibrante, sensível, tem a nota certa e o elemento correto para nos completar, compor conosco a harmonia necessária para enfrentar o fogo próximo.
– Tu a tomarás por aluna?
– Como uma vez o fui.

Ela sentiu que as atenções agora eram dela. Uma luz tão forte como as outras saiu de seu lado direito e uniu-se ao grupo a seu redor. Sabia que era Marcos. As luzes começaram a girar a seu redor. Foi como se ela estivesse fechando os olhos aos poucos. Sentia o movimento e o poder, mas não os via mais.

Mar.

Mar. Um mar azul e infinito estendia-se em todas as direções. Acima, abaixo, por todos os lados. Apenas o mar de poder azul brilhante. E esse mar é infinito. É puro. É eterno. Absoluto. Está lá por toda a eternidade. E ela é um pedaço desse mar. Uma gota. Uma ideia. E como uma ideia, ela é o mar.

Um impulso. Um som. Puro com um diapasão. A primeira música. O mar cria de si uma ideia individual.

A ideia está dentro do mar. Mas a ideia ainda não se reconhece como uma. E não mais se reconhece como o mar. Ela deve ser uma. Deve crescer para ser o mar novamente.

Para ser uma, ela se separa. Cria um limite, uma barreira que a separa do mar. E separa sua ideia da ideia do mar.

E ela cresce. Como uma, encontra outras, semelhantes a ela. E cresce com elas e cresce contra elas. E o caminho é longo e deve ser conduzido em etapas. E cria-se o tempo. E a cada tempo, a cada etapa, ela deve aprender. E para que ela aprenda o que deve aprender, apenas um pouco de si deve viver a etapa. E um novo limite ela cria. E de si uma pequena parte separa para viver o tempo. Quando o tempo finda, o limite se desfaz. Ela é uma novamente. Um novo tempo, um novo limite, uma nova parte da ideia para viver aquele tempo.

E a ideia cresce e toma forma. E ideia se vê. Vê a chama esplendorosa de sua verdade. Dentro de si, vê o limite criado para viver o tempo. Dentro do limite, sua pequena verdade toma forma. E cria mente e emoção, dor e gozo, liberdade e fúria.

E agora, e só agora, ela é Julie.

E só agora, ela percebe a verdade ao seu redor. Seu corpo, apenas uma fração ainda menor de sua pequena verdade. A terra, apenas uma pequena fração da pequena verdade da Terra. Imagens de cidades impossíveis vêm a si. Imagens de seres grandiosos e seres primais, de passado, futuro e presente, de pequenos deuses que não se reconhecem como tais, que criam deuses transitórios para suprir seus medos. De sonhos e ideias que deveriam ser e ainda serão, porque ao seu destino serão levados. De vontade e coragem que crescem e tornam concreta a possibilidade. De compreensão que gera o Bem. De medo que gera o Mal. De equilíbrio que ilude. De luz que triunfa, porque só há luz, mesmo quando a luz morre.

Julie É.

Capítulo 9

Ela abre os olhos. As janelas estão abertas, já é dia alto. Está deitada sobre o tapete, um lençol a cobre. Pela janela vê a luz do sol forte, ouve o canto dos pássaros próximos. "Sol", ela pensa, "como eu." E sorri.

Ela se levanta preguiçosamente. Alonga-se e vai ao banheiro lavar o rosto. Está feliz. O coração leve. Enxerga tudo o que já viu antes, mas de uma forma nova. Parece ter perdido um véu que turvava sua consciência. Ajeita os cabelos. "Que cara amassada!" Desce a escada até a grande sala. A porta está destrancada. Atravessa os dois quarteirões que separam a pousada do café.

– Bom dia! – diz sorrindo.

– Boa tarde, preguiçosa – responde Anna. – Já são quase duas horas da tarde. Está com fome?

– O que tem aí de bom?

– Tudo aqui é bom. Escolha o que quiser.

– Esta torta. E esta outra. Um suco de laranja. E um café.

– Ei! Quer nos falir, portuguesa? – brinca Marcos, vindo da cozinha.

– Portuguesa de Paris, pois não? Não se esqueça desse detalhe. Merci.

– Como você está? – pergunta Anna.

– Iluminada – responde sorrindo e fechando os olhos.

— Isso já percebemos — diz Marcos.

— Tenho 10 milhões de perguntas a fazer.

— E nós, 10 milhões de fregueses a atender. Na verdade oito, mas estão impacientes, estamos ainda em hora de almoço. Coma, vá passear, volte às quatro horas. Aí conversamos.

— Oui.

Saiu do café, foi andar à beira-mar. Tudo era tão diferente. O mar brilhava, as árvores respondiam com um brilho esverdeado. Pássaros voavam tão nítidos que pareciam estar a seu lado. Deixavam uma trilha luminosa. As pessoas ficaram diferentes, podia vê-las e... Senti-las muito mais profundamente. Uma criança que brincava em um veleiro ancorado a 50 metros parou e ficou olhando para ela, que percebeu e devolveu o olhar. Ficaram fitando-se, adivinhando-se, por alguns segundos. O garoto sorriu, acenou com a mão e entrou no barco. Ela continuou. Andou por quase duas horas e voltou ao café. Marcos e Anna a convidaram a sentar à mesa mais distante do balcão, longe de onde as duas ajudantes estavam.

— Então? Alguém pode me explicar o que aconteceu? Sonhei?

— Acha que sonhou? — pergunta Anna com um sorriso.

— Tenho certeza de que não.

— Então...

— Então estou completamente confusa. Quem eram aquelas pessoas? Se pessoas eram... O que significa aquele mar? E depois eu vi... coisas, lugares, acontecimentos. E agora, enquanto andava, sentia diferente e sabia coisas que nunca soube. É como se minha cabeça estivesse cheia de conhecimento que não é meu...

— Calma — pediu Marcos —, você está começando a disparar de novo. Você passou pelo que os filósofos de seu idioma chamam "*la petite illumination*", a pequena iluminação. Não sabemos exatamente o que você viu, cada pessoa representa os conceitos de acordo com suas experiências anteriores, para que façam sentido. Explique o que você entendeu.

— Vou tentar economizar nas palavras, para não parecer confusa. Saí do infinito. Tenho de aprender para poder voltar. Para poder ser o infinito de novo.

— Muito bom! Vá em frente.

— Para aprender, precisei me individualizar, é essa a palavra? Criei um "corpo" para me separar do todo e poder agir de maneira independente. Mas a tarefa era muito grande e tive de quebrá-la em partes. Agora existiam partes, então existia tempo. Para fazer cada parte, uma de cada vez, em cada tempo eu criei, ou crio, outro corpo, ainda menor, só com as características de que preciso para executar essa tarefa. Falo em corpo porque não sei dar outro nome, mas é algo maior, esse corpo que vemos ainda é só uma parte menor do pequeno corpo temporal.

— Perfeito. Traduzindo em nossos conceitos, para que falemos a mesma coisa. Nosso espírito se individualiza, criando um "Eu Superior", que chamamos "EU", maiúsculo. Esse EU é a soma de tudo o que somos, realmente. Para agir "temporalmente" como você bem explicou, criamos um "eu", minúsculo, que tem somente o conhecimento necessário para essa vida. O eu é formado por três partes: o corpo físico, esse que vemos, o campo ou corpo astral, de nossas emoções, e o campo ou corpo mental, de nossas ideias. Existe um quarto campo, ou corpo, que nos liga ao EU. Por sua vez o EU também possui um campo ou corpo astral superior e um mental superior, que são abstratos e imunes ao tempo. Entendeu?

— Mais ou menos. O eu é fácil de entender. Já li conceitos parecidos. O EU é mais complicado. Mas você falou de corpos físico, astral, mental, de "ligação", astral superior e mental superior, certo? Mas ontem eu vi meu corpo físico cercado por vários desses campos ou corpos. Eram muitos, mais de dez, acho. Um dentro do outro, de tamanho sempre crescente. O maior parecia uma esfera azul de quase 30 metros de diâmetro. E eu era a soma de tudo isso.

— Sim, ainda há outros, mais elevados ainda. Mas, sinceramente, não saberia explicá-los. Você vai se deparar com muitas dessas situações daqui por diante. Acostume-se com a ideia de que você já aprendeu que há perguntas a ser feitas. As respostas vão levar muuuuito tempo. A graça está em procurá-las.

— Está certo – fez cara de desânimo –, cada corpo que eu percebia estava "amarrado" a meu corpo físico em um ponto específico. Cada ponto desses parecia um foco de luz de cor e intensidade diferentes...

– Você viu isso? Já? Espantoso! Cada ponto desses é um chacra. É um conceito oriental que custamos a perceber no ocidente. Agora é óbvio para nós, mas antes... Não se acha aquilo que não se procura.

– Esses pontos eram centros também de uma rede luminosa que percorria todo o corpo físico. A rede também tem outros pontos menores onde as... linhas de força se cruzam...

– Se você já ouviu falar de acupuntura, já ouviu falar dos canais de força, ou meridianos, que percorrem todo o corpo. Perfeito.

– Havia também uma linha de força que percorria meu corpo de alto a baixo, ligando esses "chacras" de que você fala. Essa linha continuava, perdendo-se sobre minha cabeça e sob meus pés.

– É uma espécie de circuito de alimentação de nossos corpos; nos liga a forças superiores e forças elementais da Natureza.

– E de alguma forma, todo esse conjunto se... projetava à frente e atrás...

– Uma representação de tempo e espaço. Esse conjunto existe no passado e no futuro, simultaneamente. Parabéns. É a melhor descrição de energética humana que já vi em minha vida. Um mestre não faria melhor!

– Obrigada – disse Julie, vermelha –, mas tem mais...

– Manda ver!

– Manda ver o quê?

– Jeito de dizer. Continue.

– Da mesma maneira que existe essa "energética humana" como você diz, existe uma energética do planeta. A Terra também possui outros campos ou corpos, como nós.

– Exato, *grosso modo*, para cada corpo ou campo humano existe um campo da Terra, que é a soma de nossos campos individuais. Tudo e todos estão ligados, de muitas formas diferentes, simultaneamente. Algumas correntes filosóficas chamam a isso de planos. Plano astral, plano mental, etc. A Terra física é só o núcleo da Terra real.

– Eu vi isso, como camadas ao redor da Terra.

– Exato.

– E as coisas que eu vi nesses "planos"... Cidades maravilhosas, seres indescritíveis, coisas estranhas... Isso é tudo real?

– De certa forma, tudo é real. A pergunta correta é: isso tem existência própria? Algumas dessas coisas, sim, têm existência própria, independente. Outras são construções mentais, que resultam dos pensamentos e emoções das pessoas ou seres "reais". Esses elementos, que chamamos de forma-pensamento, são transitórios. Existem enquanto são alimentados pelo seres reais. Podem ser lugares, objetos ou até mesmo seres aparentemente vivos e inteligentes, resultados da criação coletiva de um grupo ou povo, por exemplo. Apesar de transitórios, enquanto forem alimentados, serão tão reais quanto eu ou você.

– Eu vi uma rede de energia no planeta também...

– Mesma coisa. A rede tem focos de alimentação e pontos de encontro de linhas, onde a força é maior. No Ocidente, chamamos o estudo dessas linhas de Geomancia. No Oriente, Feng Shui, a distribuição das linhas do Dragão. Grande parte dos templos e locais de desenvolvimento humano foi construída, intuitiva ou propositadamente, nos encontros dessas linhas: a pirâmide de Quéops, no Cairo, Stonehenge, na Inglaterra, a basílica de São Pedro em Roma, Angkor no Camboja, só para citar alguns mais famosos. As linhas correm pelo planeta de acordo com um padrão geométrico básico, mas também sofrem a influência da geografia e da composição do solo, como um rio, fluindo de acordo com o solo. Vales, picos isolados, margens continentais e veios minerais são condutores naturais dessa energia. Ela nos afeta e nós a afetamos. Tudo está entrelaçado.

– Entendo. Nossa, acho que ouvi cada coisa dessas milhares de vezes ao longo da minha vida, mas só agora elas fazem sentido!

– A chave é a coerência. Muitas pessoas já ouviram falar disso, mas de maneira incompleta ou distorcida. Há fragmentos disso em várias culturas e tradições populares, lembranças no inconsciente coletivo. Existem pessoas que se aproveitam dessas informações para se aproveitar das outras, explorando-as por meio de mistificações. Outras gostariam de manter esse conhecimento exclusivo para poucos, como forma de obter poder. Além de reter esse conhecimento em grupos fechados, liberam informações erradas, como tática de desinformação, para desacreditar esses conceitos junto aos leigos. O que não é difícil, já que compreender esse cenário de maneira coerente é tarefa de anos de estudos árduos. Após compreendê-lo intelectualmente é que conseguimos aceitá-lo e finalmente senti-lo, como você fez ontem. Eu levei 12 anos para alcançar o que você fez em uma noite – disse, fitando o rosto surpreso de Julie. – É, sozinho é um pouco mais difícil...

– E quem eram aquelas... aqueles "seres" que estavam conosco?

Marcos deu uma risada.

– Está aprendendo rápido, portuguesinha, mas acho que o termo "pessoas" ainda é aplicável a todos eles. Eles são parte de nosso grupo, como eu havia explicado antes. Existem milhares de estudiosos das verdades não oficiais no mundo. Uma pequena elite atingiu o nível de maestria que você testemunhou ontem. São pessoas cuja influência e responsabilidades são sentidas em todo o planeta. São líderes espirituais, cientistas, pessoas comuns, excepcionalmente até líderes políticos, apesar de gostarmos de trabalhar em silêncio.

– Uma sociedade secreta?

– Um grupo conhecido por poucos, sim, mas não uma sociedade secreta como você imagina, com rituais, códigos, hierarquia e juramentos. É restrita porque poucos a compreendem, não porque ela se esconda. Estamos muito além disso, não precisamos e não gostamos de teatro. É um grupo de pessoas excepcionais, que se reconhecem e se respeitam como tais. Como eu disse, uma elite de estudiosos – disse, olhando para Anna, que concordou balançando a cabeça e olhou para Julie:

– Bem-vinda ao grupo.

Capítulo 10

Julie jantou em um pequeno restaurante de frutos do mar da vila. Uma "moqueca de badejo com camarão, arroz e pirão", como disse o garçom. Acostumada com a delicadeza da cozinha francesa, Julie ficava enlouquecida com os sabores fortes dos pratos brasileiros. Comeu três vezes mais do que estava acostumada. Mesmo o garçom ficou espantado com o apetite daquela moça magrinha, "Deve ser caminhoneira, não é possível". Lógico, uma caipirinha acompanhando.

Pagou a conta e foi, bem devagarzinho, até o café. Já eram 11 horas. Como era dia de semana, o movimento estava baixo e Marcos e Anna já estavam em sua mesa preferida, fazendo as contas do caixa:

– Olá, Julie, tudo bem? – disse Anna.

– Mais ou menos, comi demais, mal estou a respirar direito.

– Estás a exagerar na comida, ô gaja. Não queremos que voltes à tua terra a falares mal de nós, ô pá. Vê se maneras – brincou Marcos.

Julie escolheu um livro para folhear enquanto esperava que terminassem. Nisso chega Carlos, a cara amarrotada de quem acabou de acordar. Aproxima-se e beija Anna, que diz:

– Olhe a cara de nosso amigo. Parece que saiu de uma gaveta. Aliás, estava na gaveta com essa mesma roupa. Ela tá pior que ele.

– Engraçada, não? Vocês passaram a noite de olhinhos fechados, pra lá de Bagdá. Eu fiquei acordado até as sete, e fui direto para a delegacia. Saí às seis e fui para casa, onde dormi do jeito que estou. Sapatos, inclusive.

– Tadinho, depois levo você para casa e faço uma massagem.

– É o mínimo que eu mereço!

– Detesto interromper o casal, mas alguém quer tomar algo antes que eu oficialmente não chegue mais perto daquele balcão?

– Marcos – gritou Julie –, eu quero! Que tal um café com bastante creme?

– Julie, uma semana aqui você vai virar uma baleia. Chá-verde sem açúcar pra você. Ajuda a digestão e purifica o corpo. Já volto – e se afastou.

– Mandão ele, não?

– Pois é, Julie – diz Anna –, acho que ele se escolheu para seu professor e anjo da guarda...

– ... e nutricionista – completou Carlos.

– Ele não tem ninguém para pegar no pé?

– Há um punhado de mulheres na ilha que adorariam que ele lhes pegasse no pé – disse Anna –, mas nosso amigo é totalmente ensaboado. Gentil, insinuante, sempre com namoradas. Mas, se apertar, ele foge mais rápido que uma bala. É assim desde que nos conhecemos na faculdade.

– Ele não tem ninguém, então?

– Resumindo, não – interrompe quando vê Marcos voltando.

– Aqui está seu chá. Aliás, chá para todos nós.

– Obrigado, mamãe – diz Carlos.

– Está ranheta hoje, não? Pobre Anna, está mal-arrumada.

– Vamos começar – propõe Anna.

– Bom, Julie. Você agora pode entender o que se passa aqui. Lembra o que disse sobre os planos terrestres?

– Sim, são como esferas concêntricas, uma dentro da outra, girando ao redor da Terra física, ao mesmo tempo. Cada esfera é de um tipo de energia diferente.

– Exato. Existe outro conceito que você ainda não usou. Provavelmente aprendeu, mas ainda não lembra. Akashi.

– O que é isso?

– Akashi, Akasha, registros akáshicos ou akásicos. Qualquer ato ocorre simultaneamente em todas as planos, correto? Em uma briga, enquanto discutimos fisicamente estamos criando formas-pensamento, depositando emoção em imagens mentais ao nosso redor. Essas formas-pensamento ficam registradas no espaço-tempo, são chamadas registros akásicos.

– Certo.

– Pois bem. Imagine que um evento importante ocorra. Energias de diversas naturezas serão depositadas em cada esfera, em cada plano. Ocorre que esses planos têm velocidade de rotação diferente e eixos de rotação distinta. É um movimento aparentemente caótico. Você disse que viu mais de dez camadas, lembra-se? Isso significa que pela meditação ou ritual, você pode acessar qualquer um desses registros Akashi, eles são eternos. Mas você irá acessar apenas uma pequena parcela das energias, uma esfera por vez, porque elas estarão separadas, entende?

– Sim.

– Acontece que as esferas giram e mais cedo ou mais tarde podem se encontrar de novo. É o que chamamos de janela Akashi. Nesse momento, você poderia recuperar toda a energia depositada nas esferas, a energia de cada esfera multiplicada por todas as outras. Seria infinitamente mais poderoso que a simples soma de cada esfera. Tem outro ponto. As janelas Akashi ocorrem onde as linhas de força do planeta, as linhas do Dragão, se encontram, ou são mais fortes.

– Como em Stonehenge.

– Exato. Nós suspeitamos de que o motivo de todas essas mortes é uma lenda.

– Como?

– Na Idade Média, por volta do século IX, houve um feudo poderoso no centro da Europa. Era de propriedade de um homem de quem nunca se soube o nome completo. Seu primeiro nome era Yurgen. Ele usurpou o feudo, matando a família do senhor daquela região. Yurgen era um homem extremamente impiedoso e, infelizmente, extremamente inteligente. Ele teve acesso a inúmeros professores e tornou-se um mestre poderoso. Mas não há poder real possível sem o acesso direto ao poder primeiro, aquele que você chamou "Mar" e nós chamamos de Primeira Inteligência.

– Quer dizer que eu vi DEUS? – Julie arregalou os olhos.

– Não seria possível. Você o representou, da maneira que compreendia.

– Ah! Fiquei assustada, agora...

– Só agora? Bom, como dizia, Yurgen não tinha acesso ao poder de fato. Por isso ele o roubava de outros. Como um parasita. Mas fazendo isso durante anos em silêncio, ele se tornou um adversário inacreditavelmente poderoso. Foi necessário um ataque direto de um grande círculo de mestres para detê-lo.

– E eles o mataram?

– A morte significa algo definitivo? Agora você sabe que não. Matá-lo significaria apenas passar o problema às gerações futuras. Era necessário arrancar seu poder e depois bani-lo para outro lugar.

– Que lugar?

– Não faço a menor ideia. O fato é que houve a batalha. Foi tão terrível que alguns mestres foram destruídos. Entenda, não mortos simplesmente, mas realmente destruídos. Tem ideia do tamanho da tragédia? Ao final, quando percebeu que seria derrotado, Yurgen tentou um passo desesperado. Ele mesmo dissipou seu poder explosivamente pelas esferas e desapareceu. Alguns dizem que ele também foi destruído. Mas existem relatos esparsos sobre suas atividades como um fantasma, por todo o planeta. Alguns acham que ele está se mantendo parasitando outros seres, durante muitas vidas consecutivas, esperando o momento de recuperar seu poder em uma janela Akashi correspondente ao momento em que ele fugiu.

– E isso seria possível?

– Teoricamente, sim. O problema é que, mesmo que ele não exista mais, outros podem estar em busca do mesmo poder. E usando o mesmo método. Parasitando outros seres, até tomar posse de um poder quase incontrolável. Tudo indica que as mortes do círculo europeu estejam ligadas a esse fenômeno.

– E Charlotte veio à procura de vocês...

– E ao que tudo indica, direto para a boca do lobo. Existe meia dúzia de lugares no mundo onde as linhas do Dragão permitiriam a abertura de uma janela Akashi por esses anos. Uma delas é exatamente esta ilha. A ilha, na verdade, é o topo de uma montanha que faz parte da mesma cadeia da Serra do Mar, com um pico de mais de mil metros de altura, mas está isolada do continente por um canal de seis quilômetros de água salgada. Essa geografia, aliada ao tipo de rochas que existem na montanha e até mesmo à mistura de crenças religiosas dos brasileiros, faz desse lugar um local de poder único. Alguns de nosso grupo se dispuseram a assumir a guarda daqueles lugares de poder. Nós viemos para cá.

– Lógico que o fato de esse lugar de poder ser um maravilhoso local para viver, com lugares para velejar, mergulhar e muita mulher bonita no verão não pesou na decisão dele – diz Carlos.

– De maneira alguma, meu caro. Mas voltando ao assunto, estamos todos em alerta, portanto. Yurgen, ou algum maluco que o esteja imitando, pode tentar agir em um desses lugares. E isso, com certeza, não será bom para ninguém.

– E a morte de Charlotte?

– Essa é a pior parte. Para produzir o tipo de ataque que imaginamos que ela tenha sofrido, ele foi executado por um grupo de praticantes, ou por um mestre de grande poder, suficiente para quebrar suas defesas. Significa, de um jeito ou de outro, que o assassino já tem grande poder...

– Além disso – completou Anna – a geografia da ilha, além de amplificar as capacidades de quem está aqui, serve de cortina para as influências externas. Um ataque dessa natureza, com um efeito dessa intensidade, dificilmente poderia se originar de fora da ilha.

– Isso significa...

– Eu disse que ela veio para a boca do lobo. Significa que o assassino já está aqui.

Capítulo 11

No dia seguinte, após fazer as compras para o café, Marcos e Julie pegaram o jipe e foram para o lado sul da ilha. Andaram por mais de 12 quilômetros, margeando um sem-número de praias. Ao longo de todo o caminho, casas dos mais variados tipos, de casas simples de nativos da ilha às mansões dos paulistanos endinheirados. Às vezes as casas eram quase isoladas, especialmente quando a estrada se afastava do mar, rumo à montanha, para contornar algum ponto mais alto, às vezes eram pequenas concentrações, quase vilas, especialmente nas praias mais badaladas, como Curral ou Feiticeira. Continuaram andando de carro até a ponta sul da ilha, onde praticamente não existiam casas. Marcos estacionou o jipe e tirou uma sacola de equipamentos:

– Vamos ver agora se aquele papo de campeã de natação na universidade é sério ou não...

– Não estou a ver nenhuma raia de competição por aqui.

– O assunto hoje não é competição. É almoço! – disse, mostrando um arpão. Parecia uma espingarda. Uma empunhadura de revólver, um cano longo com dois elásticos presos na ponta, que deveriam ser travados em um gatilho e arremessavam a flecha de aço.

– O que você acha que vai fazer com isso?

– Eu não. Nós. Você vai aprender o que é caça submarina.

– Muitíssimo obrigada. Compro meus peixes na vila. Mais fácil, mais seguro.

– E depender do japonês da peixaria para fazer nosso almoço? De jeito nenhum! Além disso, você vai aprender a respirar.

– Eu já sei respirar!

– Como um tijolo. Você vai notar a diferença. E já percebeu como o controle da respiração é importante para nossas atividades.

A discussão durou mais 15 minutos e foi decidida democraticamente. De um lado, Julie. De outro, Marcos e a chave do carro. Dois votos contra um. Julie colocou a roupa de neoprene – uma espécie de borracha – de Anna, enquanto resmungava "mandão", "merde" e alguns palavrões franceses de difícil compreensão. Depois deu um chilique de mais dois minutos quando Marcos mandou que cuspisse na lente da máscara de mergulho para impedir embaçamento. Finalmente cuspiu quando ele disse que iria cuspir por ela. Colocou o lastro, um cinto de náilon com um peso de três quilos de chumbo. Colocou as nadadeiras embaixo do braço e acompanhou Marcos, já equipado, pelas pedras. Entraram na água.

– Muito bem, campeã. Vamos ver quanto tempo você aguenta embaixo da água. Respire fundo e desça.

Julie obedeceu. Disse "merde" de novo, respirou fundo duas vezes e afundou. Passado algum tempo subiu, meio roxa.

– Puff! Quanto tempo deu. Um minuto?

– Quase. Na verdade 20 segundos.

– O quê? Você está a me avacalhar. E fui...

– ... campeã de natação na universidade, eu sei. Pelo jeito os franceses nadam mal paca. Na verdade, dizem que vocês não são muito chegados em água...

Enquanto Julie xingava a mãe de Marcos, em português, para ter certeza de que este a entendesse, ele a puxou para fora da água. Sentaram-se nas pedras, e uma longa explicação sobre respiração se seguiu. Voltaram e refizeram o teste. Desceram juntos, ele controlava o tempo. Subiram. Desceram de novo, um pouco mais de tempo. Subiram. Desceram outra vez. Subiram.

– Excelente! Quanto tempo você acha que ficou lá embaixo?

– Não faço a menor ideia – disse, ainda emburrada.

– Primeiro 30 segundos, depois 60 e no final 90!

– Um minuto e meio?

– Exato. Qual a maior profundidade que você desceu?

– Uma piscina de dois metros e meio.
– Lá vamos nós!

Usando o mesmo método, na hora do almoço Julie estava mergulhando dez metros de profundidade. Teve medo a primeira vez que chegou ao fundo, olhou para cima e viu o paredão de água azul. Mas logo descobriu seus limites e começou a ficar mais tranquila, aprendendo a apreciar o fundo. E como! O fantástico cenário de grandes pedras cobertas de algas e corais, a areia branca do fundo e a grande quantidade de peixes coloridos a fascinaram. Marcos usou todos os truques utilizados para encantar novos mergulhadores. Cortou um ouriço-do-mar para atrair uma nuvem de peixes que os rodearam, fazia Julie tocar estrelas, minúsculas aranhas-do-mar e peixes mais lentos. Ela arregalou os olhos quando viu pela primeira vez uma moreia, o corpo de serpente entre as pedras, apenas a cabeça com a boca escancarada e os enormes dentes à mostra. Aprendeu a armar o arpão, puxando os elásticos e prendendo no gatilho. É um esforço considerável mesmo para um homem não treinado, mas ela estava tão empolgada que parou de reclamar. Achou fácil, até.

Voltaram à vila. Ela estava tão emocionada que disparou a falar como uma metralhadora. Tanto que Marcos adicionou à lista de equipamentos que sempre usava para conferir o material antes de sair o item "chicletes, muitos".

Nos dias que se seguiram, voltaram várias vezes ao local. Era a forma de distanciarem o pensamento dos problemas.

Naquele dia foram treinar no fim de tarde. O objetivo era ver a "mudança de turno". Os animais do dia recolhem-se e os da noite aparecem para caçar. É à noite que se encontram com mais facilidade lagostas e polvos, por exemplo. Além disso. Marcos queria ensiná-la a mergulhar à noite. E começar no fim da tarde reduziria o impacto de entrar na água no escuro. Cada um levava uma lanterna à prova d'água e Marcos, um arpão.

Já estavam havia quase duas horas na água. Tinham pegado duas lagostas e combinado que, assim que pegassem um bom peixe para o churrasco da noite, iriam encerrar o mergulho. Mas o bom peixe não aparecia. Apesar de muitos, ou eram considerados pequenos demais ou pouco saborosos. A dupla de mergulhadores estava ficando metida à besta.

Ao mergulharem juntos, as lanternas iluminando o espaço à frente, uma enorme garoupa passou pelo facho das lanternas. Marcos afundou, seguindo-a. Julie estava ao seu lado. A garoupa entrou em uma toca embaixo de duas pedras grandes.

Marcos e Julie subiram seis vezes para respirar. A cada descida, um minuto e meio de briga para localizar o peixe. A paciência ia terminando aos poucos.

– Chega – disse Julie – está muito difícil!
– Última tentativa. Disparo esse arpão de qualquer jeito.

Respiraram e desceram. Julie se aproximou da toca. Uma mão segurava a pedra; a outra, a lanterna.

Um tranco.

Uma dor lancinante no peito. Julie sentiu que algo penetrava logo acima do estômago, saindo pelas costas. Não conseguiu mexer um músculo. Estava paralisada.

"Meu Deus, o arpão disparou!"

"Meu coração! O arpão acertou meu coração! Estou morrendo!"

A dor era tanta que ela estava delirando. Luzes piscavam à sua volta, ela via imagens estranhas, que não entendia. As luzes e as imagens iam e vinham, revezando com a escuridão cortada pelo facho da lanterna. Os membros, imóveis. A última coisa que viu foi o facho da lanterna iluminando o rosto de Marcos, apavorado.

Capítulo 12

Marcos desceu ao lado de Julie. Iriam tentar pela última vez. Segurou a lanterna na mão esquerda, a espingarda do arpão com a direita. Desceu, braços estendidos, apontando para a frente. Viu Julie se posicionar na beira da toca. Ela segurava a beira da pedra com a mão direita e com a esquerda apontava a lanterna para dentro da toca, procurando o alvo.

De repente, o facho da lanterna dela foi desviado. Ela soltou a mão da pedra e o corpo começou a girar, virando na direção de Marcos. Ele apontou o facho da lanterna para o rosto de julie e viu os olhos vidrados, a expressão de dor e terror.

Imediatamente, Marcos largou o arpão e a lanterna. Posicionou-se atrás de Julie, a mão esquerda por baixo dos ombros dela, a direita tapando o nariz. Deu um forte impulso no fundo e subiu à superfície.

JULIE!

JULIE!

Ela não respondeu. Não respirava. Ele nadou rapidamente os poucos metros até as rochas e a arrastou para cima. Puxou a cabeça para trás para desobstruir a garganta. Tapou o nariz e assoprou com toda a força. Nenhuma resposta. Massageou o coração 30 vezes, com tanta força que quase lhe quebrou as costelas. Assoprou duas. Massageou 30. Assoprou duas. Massageou 30. Assoprou. Repetiu por quase dez minutos.

Nenhuma resposta.

Ele estava ajoelhado na frente dela. Desesperado, quase chorando, as mãos no rosto.

"Uma chance."

Esticou as mãos ao céu, respirando fundo. Das pedras abaixo de si, do mar, da terra, uma força correu por entre os obstáculos, subindo por suas pernas, seu tronco, seus braços, até chegar às mãos. Desferiu um único e furioso golpe no meio do peito de Julie, com as duas mãos. A descarga de energia percorreu o corpo de ambos, como um choque elétrico de altíssima voltagem.

Nenhuma resposta.

De novo, ajoelhado, braços para cima, mãos para o céu. Não existia mais mundo, não existiam mais problemas, não existia mais Marcos. Só a energia dragada do fundo da terra, do oceano, das plantas ao redor. O vagalhão subiu por suas pernas, por seu tronco, por seus braços até as mãos. Um único golpe desesperado, os dois punhos cerrados, no meio do peito de Julie. Uma descarga terrível de energia percorreu os dois quase desfalecendo o próprio Marcos, que caiu exaurido sobre Julie.

Ele chorava, soluçava. As gotas de água salgada que desciam de seu cabelo se misturavam as lágrimas. Ele abraçou Julie, o abraço angustiado de perda, o rosto apertado ao peito, e...

O coração havia voltado a bater.

Ele a abraçou, rindo, chorando, agradecendo. Levantou-se e a carregou desajeitadamente por sobre as pedras. Antes que chegassem ao jipe, ela balbuciava algumas palavras. Ele a colocou no assento do passageiro, passou o cinto e disparou pela estrada, cortando a noite. Assim que entrou no alcance de uma antena, ligou o celular para Carlos:

– Carlos, estou indo pro hospital!

– Hospital? O que houve?

– Julie teve uma parada cardíaca embaixo d'água. Talvez o esforço... devo ter exagerado e ela passou dos limites – chorava de novo –, estou indo ao hospital da vila.

– Como ela está?

– Respirando, mas inconsciente. Fala algumas palavras soltas, sem sentido. Tenho medo de uma segunda parada. Avise o dr. Lúcio. Peça para Anna ir também. Estou indo o mais rápido que posso.

Chegaram ao hospital, Lúcio e Anna estavam prontos. Levaram-na para a emergência, a respiração e o pulso fraco, extremamente pálida. O nível de inconsciência era menor, ela falava, embora sem ter noção da realidade a seu redor. Perguntava se o arpão a tinha acertado, se ela estava bem, se ia ficar viva. Dizia que Marcos havia ficado embaixo d'água, que ela precisava voltar. Colocaram-na em uma maca e levaram para dentro. Foi sedada. Foram feitos vários exames. Marcos e Carlos ficaram na recepção toda a noite.

Anna voltou, assegurando aos dois que Julie estava bem. Ficaria aquela noite em observação, mas tudo indicava um diagnóstico positivo. Abraçou Carlos. Marcos deitou-se em um sofá da recepção, alquebrado, pálido, os olhos vermelhos, com olheiras, sob o olhar atento do casal. Eles tinham certeza de que alguma coisa havia mudado.

Capítulo 13

Era por volta de três horas da tarde. No quarto particular estavam Julie, ainda dormindo, e Anna que esteve ao seu lado o tempo todo. Primeiro chegou Carlos, a cara péssima, vítima de mais uma noite em claro. Trazia alguns papéis. Segundos depois Marcos, em pior estado ainda, que já chegou perguntando:

— Como ela está? Alguma alteração no quadro?
— Como lhe disse das outras cinco vezes anteriores: está tudo bem. O eletrocardiograma surpreendentemente não acusou sequelas. Deve ter sido um ataque leve. Só não entendo as marcas no tórax dela. Você usou alguma técnica de ressuscitação?
— Sim. Apliquei massagem cardíaca e respiração boca a boca. Não deu resultado. Aí eu joguei uma última cartada. Um choque Prânico...
— Choque o quê?
— Não me olhe assim, inventei o termo na hora do almoço. prana...
— Ok. Ignorante é a vovozinha. Prana, Ki, Chi, Luz astral, Bioenergia. O mesmo nome para a força vital básica que permeia tudo nesse plano. Mas nós só usamos isso de maneira sutil, na imposição de mãos, para harmonizar o organismo. Não como um choque. Isso não é possível.
— Normalmente não. Mas com Julie desfalecida nos meus braços perdi a noção de tudo. A mente racional apagou. E aí eu percebi que era possível. De alguma maneira, a janela Akashi já está afetando todo o ambiente, apesar de não ter se completado ainda.

– Mas nenhum de nós sentiu isso! – disse Carlos.

– Talvez porque não tenham precisado. Você sabe que só se acha aquilo que se procura. E quando não se procura, às vezes a Arte responde à necessidade. Ou talvez seja o fato de eu estar na terceira viagem e vocês na primeira.

– Turista profissional... – murmurou Julie, abrindo os olhos.

Marcos saltou em sua direção:

– Como você está?

– Bem... ainda dói onde pegou o arpão.

– Julie... cavalheiros, passinho atrás, por gentileza.

Ambos se afastaram um pouco. Anna abriu a camisola discretamente. Havia duas enormes marcas roxas no meio do peito, mas nenhuma perfuração.

– Como vê, Julie – disse Anna –, não tem arpão nenhum nessa história...

Ela passou a mão no peito. Podia senti-lo dolorido, como se houvesse levado um coice.

– Mas eu senti...

– Julie, talvez eu tenha a resposta – disse Carlos, sob o olhar curioso de Anna e Marcos. – Não me olhem assim. Vocês não pararam de falar nem para respirar desde que entramos aqui. E essa história de choque de prana me deixou tonto...

– Tá, querido, desembuche, pelo amor de Deus – disse Anna.

– Um corpo foi achado de manhã em São Sebastião. Graças a Deus foi do lado de lá do canal. Mas tenho quase certeza de que ele saiu daqui e foi levado pela correnteza. Foi feita uma batida em todas as pousadas de lá. Nosso amigo estava hospedado no centro, com o nome de Agnaldo Colucci, passaporte italiano. Se esse for o nome dele mesmo, sou uma *drag queen*.

– E daí? – perguntou Marcos.

– Esse cara passava o dia inteiro fora da pousada – adivinhem onde – e só voltava à noite. Ontem ele saiu. Até ser achado hoje. Dois detalhes. O relógio dele era analógico e os ponteiros marcavam 8h37.

– Isso quer dizer que ele morreu pouco depois do ataque da Julie? – disse Anna.

– Não, quer dizer que ele foi jogado ao mar pouco depois do ataque da Julie. Deve ter morrido um pouco antes. E não "morrido", e sim morto. Havia marcas de cordas ou algum tipo de cabo nos pulsos e tornozelos. E ele foi morto com uma espécie de punhal longo de dois gumes, ou seja, com os dois lados cortantes. Um único golpe no coração que atravessou o tórax de um lado a outro.

Julie sentiu um tremor que percorreu todo o corpo. Tinha agora uma expressão de angústia:

– Você tem uma foto dele?
– O passaporte. Deve ser falso, mas a foto é verdadeira – disse, entregando-o para Julie.
– Estou começando a odiar esses caderninhos. Todas as vezes vêm com más notícias – disse, e abriu o passaporte na página da foto. Olhou a fotografia de um estranho. Sentiu alívio. Talvez não tivesse nada a ver com ele. Preferia um "simples" ataque cardíaco antes dos 30 do que mais uma revelação absurda.
– Sinto. Nunca vi antes...
– Pena – disse Carlos –, talvez fosse mais uma pis...
– NÃO! ME DÊ A FOTO! – gritou, arrancando o documento das mãos do delegado. Continuou:
– Meu Deus! Carlos, lembra de quando você me levou até o lugar em que acharam Charlotte? De quando você foi buscar a máquina fotográfica e voltou, e eu estava procurando um homem que deveria ter estado lá?
– Sim.
– Era ele! Eu não conseguia me lembrar do rosto até agora, mas veio de súbito. É ele! Certeza!
– Marcos? – perguntou o delegado.

Marcos andava de um lado para outro. Somava os fatos, pesava possibilidades. Era o mais experiente do grupo, tinha de ter alguma teoria consistente. Depois de alguns momentos, disse:

– Observador remoto.
– Lá vem – disse Julie –, não entendi.
– Julie, o inimigo está aqui. Ele sente a presença de Charlotte. Ou já sabia de sua vinda, alertado por alguém na Europa. Para

impedi-la de nos encontrar, ele a mata. Sabia que perguntas seriam feitas, portanto põe um vigia a postos. Você chega, já acompanhada de Carlos. Com certeza fomos identificados. Todos nós. Não fomos atacados porque não faz parte de seu estilo. Talvez falte coragem, ou ele não julgue necessário. O vigia se encontra a sós com você. Ele apaga a memória do rosto dele de sua mente, ao mesmo tempo que marca você com um símbolo, para poder encontrá-la quando queira. Para não ser identificado, fica além do canal, que normalmente funciona como uma barreira. Sabendo de nossa rotina de trabalho, ele acha que pode andar pela ilha durante o dia, já que qualquer trabalho de Arte só nos é possível à noite. Mas tudo acontece rápido demais e você tem sua "*petite illumination*". Isso altera o equilíbrio de forças na ilha. O chefe dele fica furioso, tenta acertar dois coelhos com uma cajadada só. Sabendo que ele a marcou, sabe que existe um vínculo entre vocês. Faz então um ritual de sacrifício, onde o assassina, esperando que isso repercuta em você. O ritual ocorre, por azar ou sorte, no meio do nosso mergulho, às 8 horas. O corpo é desatado e jogado ao mar às 8h37.

– Imaginei mais ou menos isso, sem a riqueza de detalhes – diz Carlos.

– Estou confusa. Você fala em Arte, ritual. Parece filme de terror. Vou ter de vestir uma roupa preta e sacrificar virgens na lua cheia?

– Perto de nosso amigo mergulhador? – zomba Carlos, para atenuar a tensão. – Se você achar uma virgem, eu mesmo sacrifico. Um evento desses deve ser fora do normal até no outro mundo...

– Olhe a presepada. Anna, quando Julie sai daqui?

– Eu não indo trabalhar, para ficar tomando conta? Daqui a duas horas.

– Ótimo. Então hoje você terá uma aula sobre a Arte.

Capítulo 14

Julie e Anna chegaram em casa às cinco horas. Julie andava devagar, mas na verdade estava mais insegura do que fraca. Apoiava-se no ombro de Anna, que usava toda a paciência e zelo que desenvolvera como médica. Na verdade, ela apreciava a possibilidade de estar sendo útil para uma amiga. Não era raro Anna participar de atividades voluntárias na ilha ou no continente, para "desenferrujar o diploma", como ela mesma dizia.

Marcos já havia preparado o quarto de Julie, feito a cama, colocado uma pequena mesinha na cabeceira com frutas, chocolates e os biscoitos preferidos de sua protegida. Todas as revistas francesas disponíveis no café foram empilhadas na prateleira de baixo da mesinha. Uma pequena rosa vermelha estava em um vaso de cristal, do lado da cesta de frutas.

Anna entrou na frente, seguida de Julie. A médica olhou o arranjo cuidadoso feito pelo amigo e não conteve o sorriso. Como as coisas mudam...

– É, nosso amigo caprichou. Deve estar esperando um hóspede muito importante – disse, sorrindo para Julie.

– Realmente – respondeu Julie, entre divertida e encabulada, enquanto espiava os biscoitos e as revistas –, ele não para de surpreender. Às vezes parece distante. Às vezes atencioso e carinhoso. É confuso nosso amigo, não?

– Marcos é autêntico. Se tem duas qualidades que admiro nele são a honestidade e a lealdade. Tem muitos amigos, todos gostam dele, mas sei que há um pequeno grupo que ele trata como irmãos. E acredite, se necessário ele daria um braço por qualquer um desses quase irmãos. Mesmo que passe anos sem vê-los, uma vez amigos, é para sempre. Mas ele é um pouco diferente, sim. Está tão acostumado a captar as coisas no ar que acha que todo mundo faz isso. E por isso costuma ser muito econômico com seus sentimentos. Muitas vezes é mal interpretado. Se bem que às vezes ele pretende ser discreto e dá uma bandeira enooorme...

– Bandeira?

– É, Julie, bandeira. Significa que a pessoa está tentando ser discreta, mas que suas intenções saltam aos olhos, entendeu?

– Entendi – disse Julie, fingindo não perceber a indireta –, mas ele realmente se esmerou. Chocolates, biscoitinhos, flor. Até as revistas. Olhe essa, por exemplo – disse, rindo –, uma revista de fisiculturismo! Em francês! Alguém compra isso?

– Por incrível que pareça – disse Anna, também rindo –, acho que ele exagerou. Escolha as que desejar, levo as outras para o café.

– Deixe essa de moda, essa de viagens... "Como cuidar de seu cachorro?... Essa volta... "Eletrônica popular – faça seu radioamador"?

– Pode me dar isso aqui. Podemos brincar entre nós, mas se ele ouvir...

Marcos entra no quarto:

– Boa tarde! Tudo certo com seus aposentos, mademoiselle?

– Oui, monsieur, c'est tout parfait. Até as revistas. Não vejo a hora de montar um rádio...

– Hein?

– Marcos, Carlos vem? – interrompeu Anna.

– Não, ele disse que está muito cansado. Vai para casa mais cedo. As noites em claro estão acabando com ele.

Julie trocou de roupa, enquanto Anna e Marcos preparavam sanduíches para o trio. Fizeram suco de frutas e voltaram ao quarto. Julie lia a matéria sobre rádios...

– Pois bem, portuguesinha, vamos começar. Estávamos esperando para ter essa conversa com você, mas queríamos que tivesse um tempinho para mastigar as informações que teve até agora. É preciso tempo para incorporar o conhecimento.

– Nunca incorporei tanto em minha vida. Manda ver.

– Manda ver... certo. Não espero que você guarde todos os nomes que vou lhe dizer. Quero que você entenda o processo de criação e amadurecimento do conhecimento que usamos, certo?

– Certo.

– Pois bem. Julie, é importante que você entenda que estamos falando sobre conhecimento. Lembra-se de como lhe disse que o conhecimento oficial é como uma árvore podada?

– Sim.

– Desde que a civilização começou, nós, seres humanos, tentamos compreender o que somos e qual a natureza da realidade que está ao nosso redor. Isso é feito principalmente por meio de quatro ferramentas: a religião, a filosofia, a ciência e a magia. A religião é o sistema oficial que tenta explicar o mundo mediante a compreensão do sagrado. A filosofia tenta explicar o mundo pela lógica de seus conceitos abstratos. A ciência tenta explicar o mundo por meio da experimentação e da compreensão dos processos naturais. A magia tenta, ao mesmo tempo, explicar o mundo e dominar os processos naturais, mesmo que não compreenda os detalhes desses processos. O importante é falar ao mundo com palavras que ele não possa ignorar...

O interessante é perceber que, ao longo da história, o modo de entender a realidade mistura essas ferramentas de maneira diferente. No início da civilização o mundo era explicado apenas pelo sagrado, que misturava religião e magia em doses iguais. Os homens rezavam a seus deuses primitivos, faziam oferendas por meio de sacerdotes e consideravam todos os fenômenos naturais como resultados da ação direta de seres superpoderosos. Isso foi durante muito tempo, quando uma constelação de deuses e deusas dividia o mundo em partes mais ou menos iguais.

O grande desequilíbrio ocorreu quando a religião judaica se transmutou e deu à luz o Cristianismo. Se por um lado o conceito do Deus único, no qual acreditamos, se alastrou, por outro isso ocorreu por intermédio do pulso do Império Romano, que se utilizou da nova religião oficial como instrumento de destruição das culturas dos povos vencidos. Por toda a parte deuses e crenças eram atacados, forçando as pessoas a assumirem a contragosto os conceitos religiosos oficiais. Muitas das datas festivas e da mitologia dos ditos povos bárbaros foram absorvidas pela religião oficial, tentando torná-la mais aceitável por aqueles povos. Mas mesmo assim houve uma reação. Por todo o Império, diversos grupos foram organizados, tentando criar, cada um por si, um sistema que, no primeiro momento, deveria ser contra o Cristianismo. O conjunto desses grupos ficou conhecido como movimento gnóstico ou Gnose. Tinham como base a crença de que a salvação viria do conhecimento, não da fé. Como a religião foi isolada pelo poder romano, a magia se uniu à filosofia para se contrapor ao poder político do Império. Os conhecimentos gnósticos eram apresentados por meio de textos que mostravam a conversa entre deuses e deusas da antiga religião romana. O personagem principal era Hermes Trismegisto, ou "três vezes grande", às vezes conhecido como o deus grego Hermes – daí o termo "hermético" – ou o romano Mercúrio, às vezes identificado com o deus egípcio Thoth, que era o deus da escrita, do conhecimento e da ciência. Nesses textos é clara a influência das ideias de Platão, filósofo grego do século IV a.C., principalmente da sua ideia de dualidade, mostrando o homem como corpo e espírito, duas naturezas distintas simultâneas. O espírito, segundo Platão, deveria transcender o corpo e reunir-se a Deus. Outro conceito hermético importante é a teoria das correspondências, que diz que todo fator material é reflexo de um fator cósmico, um Conceito Perfeito presente no Mundo das Ideias, que é anterior ao mundo material. Para cada ideia de rosa, por exemplo, deve existir uma única rosa perfeita no Mundo das Ideias. Isso deu origem ao movimento chamado Teurgia, no qual seus praticantes pretendiam se comunicar com as divindades mediante sua representação por meio de estátuas. Alguns chegavam a dizer que podiam dar vida às estátuas, invocando os deuses. Essa era uma prática vinda dos persas, seguindo os textos dos chamados "Oráculos Caldeus" que deveriam ter sido escritos por Zaratustra, reformador da religião persa. Nesse ponto, aliás, a Gnose deixou de ser apenas oposição ao Cristianismo para tentar ser uma leitura alternativa dele, tentando fundir as ideias bíblicas cristãs com elementos dos textos sagrados de outras religiões, como os Vedas indianos, o Zeda-Vesta da Pérsia e os Versos Dourados de Pitágoras.

    A criação dessa ideologia alternativa se cristalizou no concílio da Laudiceia em 336 d.C., quando a Igreja baniu de uma vez por todas qualquer tipo de ideia ou processo mágico. Mas em 529 o imperador Justiniano fechou todas as escolas filosóficas de Atenas. Logo em seguida seria o fim do Império. E todo o conhecimento estruturado se perderia. Foi o fim da era de ouro da Gnose.

– Nossa! – disse Julie. – Quando você falou em aula, achei que era modo de dizer. Vou precisar de um caderno para anotar tudo isso.

– Se quiser, fazemos isso depois. O importante agora é você entender a lógica, certo?

– Certo. Continue.

– Na Idade Média, a coisa ficou realmente confusa. Diversos pedaços das ideias e sistemas desenvolvidos pelos gnósticos ainda estavam presentes, mas sem nenhuma lógica ou coerência. Havia apenas cacos de conhecimento. Mesmo a Igreja Católica contribuía para a confusão, porque a religião assumiu papel central na vida dos homens, e todos que se julgavam importantes queriam dar sua opinião ou impor seu ponto de vista sobre como deveriam pensar os cristãos. A magia foi reduzida à superstição, que é sempre uma crença científica ou religiosa deformada. A prática mais importante daquela época era a Goétea, descrita nos grimórios, manuais mágicos medievais, que era a invocação de seres não humanos por meio de processos mágicos. Não sabemos se os magos daquele tempo consideravam esses seres anjos ou demônios. Talvez nenhum dos dois, já que a palavra correta usada era "daimon", que em grego significava guardião, bom ou mau. O mago passava por um processo de purificação espiritual, depois preparava um círculo mágico com símbolos secretos, em que se protegia e invocava os tais seres em um triângulo fora do círculo. Tal processo exigia atenção absoluta. Um erro e o mágico poderia ser destroçado. Segundo a interpretação moderna dessas práticas, acreditamos que a maioria absoluta desses processos era uma catarse psicológica, ou seja, o mago manifestava as próprias características inconscientes, boas ou ruins, representadas por intermédio daqueles seres. Era, na verdade, uma terapia de choque, extremamente arriscada. Não sabemos se houve magos destroçados, mas com certeza muitos magos despreparados foram à loucura usando esse método.

– Parece o que aconteceu com Charlotte...

– Mais ou menos. As ferramentas ainda existem, mas os procedimentos e objetivos são outros. Lembre-se, na Idade Média eram apenas fragmentos de conhecimento.

— Entendo. Acho.

— Já é alguma coisa – disse Marcos sorrindo. – A coisa começa a esquentar de novo por volta do século XII. A astrologia grega, que havia sido esquecida, foi redescoberta pelos europeus, por meio dos árabes, que a haviam aprendido, mantido e desenvolvido a tradição. Os deuses pagãos voltavam agora disfarçados de espíritos planetários. Na França é divulgada a Cabala, um complexo sistema de análise matemática que pretende conciliar o Velho e o Novo Testamento. Basicamente, trocam-se as letras dos antigos textos bíblicos em hebraico por números, segundo regras matemáticas secretas, procurando novas interpretações para nomes e histórias. Alguns a consideram uma "forçação de barra", uma tentativa desajeitada de dar algum sentido às incoerências e às contradições entre os textos bíblicos, outros a consideram a chave mestra do misticismo das grandes religiões monoteístas. No século XV, um dos principais textos gnósticos foi redescoberto, o *Corpus Hermeticum*. A Cabala foi usada para integrar o conhecimento teológico judaico-cristão à filosofia gnóstica. De novo temos as ferramentas religião-magia-filosofia trabalhando juntas.

— E a ciência?

— Também está vinculada à filosofia. Só se separa no século XVII, quando Galileu cria o método científico, experimentando e estabelecendo relações matemáticas. Muito da ciência vem da tentativa de se explicar os fenômenos ditos mágicos. Os mágicos chineses, por exemplo, receitavam uma pomada de excrementos de morcego para cuidar de problemas nos olhos...

— Ugh!

— É. Só que hoje sabemos que esse material tem mais vitamina A que óleo de fígado de bacalhau. Que, cá entre nós, também é meio nojento... Outro exemplo era uma prática medieval aplicada após as batalhas. O inimigo mais valoroso era sacrificado pelo vencedor morrendo pela espada incandescente, uma espada aquecida no fogo até ficar em brasa. Acreditava-se que o poder e a força do inimigo iriam para a espada, e por tabela para seu dono. E a espada ficava realmente mais dura...

— Como?

— Descobriram sem querer no dia em que um ferreiro, enquanto fazia uma espada, esfriou-a em uma tina contendo água e peles de porco. Qualquer material de origem animal tinha esse efeito. Hoje sabemos que é o resultado da impregnação de certos nitratos orgânicos no aço incandescente. Às vezes o que chamamos magia é só um aspecto da Natureza ainda não explicado pela ciência. Aliás, quase sempre é isso.

– Mas a impressão que dá é que tudo antes era mais nojento!
– A coisa vem melhorando de lá para cá. Voltando. É interessante que existe um movimento cíclico em toda a história: convergência e dispersão. Há sempre um período em que um ou mais homens brilhantes analisam todo o conhecimento disponível em sua época e formam uma síntese que faz o conhecimento evoluir aos saltos. E existe em seguida um período em que espíritos menos abertos, e talvez mais vaidosos, criam inúmeras versões para os fatos já conhecidos, fazendo valer sua interpretação pessoal. Esse período sempre gera confusão e costuma ser muito pouco produtivo, com a criação de inúmeras correntes antagônicas e fanáticas. Até que aparece alguém e arruma a casa de novo, ampliando a visão da realidade.

– Em que período estamos hoje?
– Acredito que no fim de um período de dispersão. Isso explica o fanatismo e a intolerância dos dias atuais. Mas chegaremos a isso mais tarde...

– Está bem, continue.
– No século XIX nasceu o que podemos chamar de filosofia oculta moderna. Na Europa, homens como o linguista Fabre d'Olivet, o matemático Hoené-Wronski e o abade Éliphas Lévi reconstruíram estruturalmente os conceitos que usamos até hoje. Lévi criou a palavra "ocultismo" para defini-la como uma das muitas correntes culturais da época, como o Romantismo e o Socialismo. Ele dizia que o ocultismo tinha três componentes básicos: a Cabala, que era a matemática do pensamento humano e incorporava os conceitos judaicos-cristãos; a Magia, que era o conhecimento das leis secretas da natureza; e o Hermetismo, o conhecimento dos hieróglifos e símbolos do mundo antigo. Seu livro mais importante foi *Dogme et Rituel de la Haute Magie* (*Dogma e Ritual de Alta Magia*), escrito em parceria com Wronski. O ocultismo era tido como uma corrente filosófica séria e foi desenvolvido principalmente em seu país, a França, bem

como na Itália, na Alemanha e na Inglaterra, onde em 1801 foi publicado outro marco do ocultismo romântico, *The Magus* (*O Mago*), de Francis Barrett. Ambos os livros são excelentes, mas, como todos os românticos, com enfeites e floreios em excesso, o que dificulta a compreensão das ideias realmente importantes.

Lévi também definiu as leis básicas da magia. Primeira, a lei das correspondências, que aprofundava o conceito gnóstico do fator material e do fator perfeito, a história da rosa, lembra? Para Lévi, o homem era em si um microcosmo. Tudo o que há no Cosmo há no homem. Segunda, a lei da vontade, que define a vontade, o querer, como a principal força do Universo. E terceira, a lei da Luz Astral, um elemento que liga tudo e todos no Universo, fazendo da realidade uma entidade única. Havia uma correspondência entre essa lei e a ciência oficial, em que os cientistas discutiam sobre a existência ou não do éter, um elemento que preencheria todo o Universo e explicaria, por exemplo, a propagação das ondas magnéticas. Posteriormente, inclui-se a quarta lei, a da imaginação. Segundo ela, a chave para atingir a magia é a orientação da vontade por meio da imaginação.

Uma nova fase de convergência foi inaugurada com duas publicações em sua cidade, Julie, Paris: *L'Iniciatión* e *La Voile d'Isis* (*A Iniciação* e *O véu de Ísis*). O responsável por essas publicações, Estanislau de Guaita, era um entusiasta da fusão de ideias gregas, judaicas, cristãs e muçulmanas. Depois disso, *La Voile d'Isis* foi assumida por René Guenón, que também incluiu em suas pesquisas os Vedas indianos, o Sufismo, que está para o Islamismo como a Cabala está para o Judaísmo e o Taoismo chinês.

Muitos nomes conhecidos viriam depois. Também um sem-número de ordens e escolas foi estruturado a partir dos anos 1960, pela influência das ideias do Oriente e pela criação do chamado Movimento da Nova Era, uma onda espiritualista que surgiu para combater a ansiedade da virada do milênio. Algumas dessas escolas fazem um trabalho interessante de convergência, enquanto outras não passam de caça-níqueis, para arrancar dinheiro facilmente daqueles que procuram um sentido diferente para a vida. Na verdade, as piores nem são as totalmente picaretas. Essas são inofensivas, a não ser para a conta bancária dos mais tolos. As realmente perigosas são aquelas que aplicam pequenas partes do conhecimento sem a compreensão adequada. Muitas escolas fazem uso das "viagens ao inconsciente", com ou sem uso de drogas, por exemplo. Um aluno bem-intencionado pode perder anos de sua vida em alienação, impressionado por imagens fortes, mas inúteis. E, como na Goétea medieval, se ele conseguir realmente manifestar aspectos de seu inconsciente de maneira descontrolada, ele pode se dar muitíssimo mal.

– Esse é o tal período de dispersão, que você falou?

– Exato. Acreditamos, no entanto, que um novo período de convergência está por vir e, dessa vez, pode ser liderado pela ciência, especialmente a psicologia e a física. Na verdade, toda a interpretação moderna dos processos mágicos é baseada na psicologia freudiana e principalmente na de Jung, discípulo de Freud. Seus conceitos de "inconsciente coletivo", "arquétipos" e "sincronicidade" são fundamentais para entender a magia.

– Charlotte usava muito essas palavras, especialmente sincronicidade...

– Acredito. De maneira simplificada, inconsciente coletivo é o conjunto de ideias compartilhadas por toda uma cultura ou espécie. Arquétipos são personagens simbólicos importantes no inconsciente coletivo. O rei, o mago, o pai, a mãe. São parecidos com os "fatores cósmicos", os "conceitos perfeitos" do Mundo das Ideias, lembra? E sincronicidade é o relacionamento entre dois fatos que aparentemente não têm relação de causa e efeito.

– Charlotte acreditou em minhas boas intenções porque dizia que o Universo tende ao equilíbrio, então alguém como eu deveria estar presente naquele momento, em que ela se sentia cercada por forças ruins. Ela chamou isso de sincronicidade.

– Isso. Além de outras contribuições da psicologia, temos a física. Hoje a física tem dois extremos que não se entendem, a teoria da relatividade, que trata dos fenômenos astronômicos, por exemplo, e a física quântica, que trata das partículas subatômicas. A física do muito grande e a física do muito pequeno. Suas leis não são coerentes. A grande busca da física está naquilo que chamam "Teoria do Campo Unificado", a teoria física que explicaria tudo. O próprio Einstein a procurou por anos, sem sucesso. Hoje, os cientistas mais próximos de achar uma teoria matemática para o campo unificado dizem que talvez isso seja possível se considerarmos um espaço com dez dimensões, que eles chamam de hiperespaço. O problema é explicar por que só percebemos quatro dessas dimensões: o espaço tridimensional e o tempo. Onde estão as outras? Para cobrir esse furo inventaram conceitos como as supercordas, que dizem que as dimensões restantes "se enrolaram" formando supercordas infinitesimais e não perceptíveis por nós.

– Complicado isso, não?

– Forçado. No Brasil, diríamos grosseiramente que é uma explicação "feita nas coxas".

– Não vou nem perguntar a origem dessa expressão...

– Você entendeu.

– E qual a solução?

– Acreditamos que o problema deva ser solucionado pela física e pela psicologia. Imagine se os seres humanos não tivessem olhos. Um de nossos cientistas poderia chegar à conclusão da existência da luz. Como ele explicaria a existência de algo que não percebemos? Provavelmente ele inventaria alguma teoria maluca para dizer que a luz se autodestruiria, ou iria para outro lugar, etc., sei lá. Na verdade a luz estaria aqui, ao nosso redor. Nós é que seríamos cegos. A questão das dez dimensões é a mesma. Elas não "se enrolam" ou "desaparecem". Estamos imersos nelas, mas normalmente não as percebemos, dentro de nosso nível médio de percepção. Por isso, a ideia de usar a física e a psicologia para explicar a estrutura da realidade.

– E a convergência nisso?

– A Cabala judaica, por exemplo, diz que a criação não foi feita de uma só vez, mas por meio de pulsações que se originavam diretamente de Deus. Ao fim de cada pulsação se criava uma nova dimensão ou Sephiroth. Adivinha quantos eram esses Sephiroth?

– Dez?

– Exato. Também na Cosmologia da maior parte dos grupos gnósticos, a criação se dava pela geração de dimensões sucessivas, "filhas" uma das outras. Essas dimensões eram conhecidas como Éons. Dependendo do grupo gnóstico, o número de Éons variava de dez a doze.

– Nossa! Estou a ficar mais que confusa. Na verdade, não confusa. Surpresa! Pasma!

— Imagino. Esses exemplos demonstram que o conhecimento pragmático e científico está se aproximando cada vez mais do pensamento intuitivo tradicional.

— E nessa salada, como ficamos?

— Nós? Nossa Arte é basicamente a conjunção da magia clássica com a filosofia. Procuramos trabalhar diretamente com os conceitos, evitando símbolos. Símbolos são sempre representações, são menores que os conceitos que representam e dependem da energia depositada neles. Não podemos garantir que todas as pessoas que usaram um determinado símbolo o tenham feito com boas intenções. Além disso, a utilização direta dos conceitos exige a harmonização prévia dos aspectos psicológicos e o aprimoramento ético. Isso evita que o Magiste se perca em meio à vaidade, ao egoísmo ou à ganância. É um caminho mais duro, porém é mais seguro, mais eficiente e nos mantém a salvo da tentação da Sombra.

— Acho que entendo. Magiste?

— É. Preferimos Magiste, filósofo, estudioso. O termo "mago" já foi tão abusado que está um pouco gasto. E bruxo é a mãe!

— Ei!

— Calma, só estou expondo nosso ponto de vista. Além disso, procuramos manter nossa Arte viva. Ela é multidisciplinar, multicultural, dinâmica e convergente. Foi isso que basicamente nos afastou do grupo europeu, que se considerava "puro". Nós os considerávamos "estagnados". Conceitualmente, nossas bases são as quatro leis de Lévi, lembra? Correspondências, vontade, conexão, imaginação. Sendo que a vontade utilizada é a vontade do EU, que é infinitamente maior que a nossa pequena vontade consciente...

— Lembro de minha *petite illumination*. Meu EU era muito maior que minha parte, digamos, cotidiana...

— Exato. Trabalhamos com a base filosófica platônica: Mundo das Ideias, dualidade corpo/espírito, ascensão à Primeira Inteligência. Nossa ética também incorpora elementos de Nietzsche: a moral dos fortes, a potência da vontade, a justiça dos que não têm medo. Como base psicológica, Freud e o poder do inconsciente e seus aspectos. De Jung, inconsciente coletivo, arquétipos e sincronicidade. E da filosofia oriental, principalmente ioga, respiração, meditação e aquilo que você já sabe sobre energética humana e terrestre: chacras, meridianos, planos terrestres, Feng Shui, Geomancia, Akashi.

– Só isso? – pergunta Julie, irônica.

– Pra começar. Você acaba de ser alfabetizada. Acredite, isso é só o começo...

Capítulo 15

Depois de discutirem algumas horas sobre tudo que Marcos havia dito, o peso do cansaço foi se fazendo sentir. Principalmente para Anna, que praticamente não tinha aberto a boca durante a "aula" do amigo. Além disso, todos tinham passado a noite anterior em claro, com exceção de Julie, que havia sido sedada.

Anna e Marcos arrumaram a cozinha. Anna preparou um chá para Julie com ervas que ela mesma cultivava no quintal da pousada. Pequenos incensos foram acesos nos corredores, para tornar a atmosfera a mais leve possível. Fecharam-se as janelas e as luzes foram apagadas. Julie entrou no quarto e, por hábito, trancou a porta.

Julie levou algum tempo para pegar no sono. Ficava pensando em todas as informações passadas por Marcos e somando-as com aquilo tudo que viu e sentiu durante sua "pequena iluminação". Tudo aquilo era tão fantástico! Mas ao mesmo tempo, fazia tanto sentido! E não se tratava apenas de saber, mas de ser o conhecimento adquirido. "Incorporá-lo", como dizia Marcos. E era exatamente isso. Ela sentia como se todo o conhecimento agora estivesse impregnado em seu corpo. Como se ela fosse maior, mais forte. Ao mesmo tempo, todos os fatos passados em sua vida estavam tão longe... Até mesmo fatos recentes, como a investigação em torno das mortes na Europa, pareciam ter ocorrido em sua infância. Não que as memórias estivessem indefinidas, mas as emoções associadas a essas memórias estavam esmaecidas, pequenas. Quando ela pensava então nas coisas que anteriormente moviam sua vida, chegava a rir com desprezo. A tensão por conseguir grandes matérias, a vaidade ao receber os prêmios por grandes trabalhos no passado, a competição com os colegas em todas as redações por onde havia passado. Parecia que ela estava assistindo de fora à vida de uma adolescente ansiosa.

E agora, todo aquele mundo novo. A compreensão de uma vida gigantescamente mais complexa do que ela julgava. Ela se sentia uma recém-nascida, pronta a aprender e investigar um mundo selvagem e colorido. Havia um pouco de apreensão em si. Mas era superada de longe pela curiosidade, pela necessidade de aprender, pelo entusiasmo. Ela também se dava conta de sua nova responsabilidade. Responsabilidade criada pelas novas possibilidades que estavam a seu alcance. Conhecimento desse tamanho deveria ser usado com objetivos nobres. Ela se lembrou das pessoas que viu em sua iluminação. Lembrou de como elas emanavam poder. E como emanavam bondade. Não, não era exatamente bondade, mas um enorme senso de justiça. De dignidade. Julie estava feliz em ser aceita entre eles...

E pensar que ela chegou a ter medo daqueles três. Carlos, sério e reservado. Um falso rabugento. Anna, solta e alegre, quase maternal. Como ela se sentiu amparada com ela a seu lado! E Marcos...

Como explicar? Ela o conhecia há tão pouco tempo, mas era evidente que havia alguma coisa entre eles. Pelo menos era evidente para ela e, se havia entendido direito, para Anna. Aquela indireta da hóspede especial não foi muito sutil... Ela ainda não o entendia. Ele geralmente tinha um comportamento leve, quase infantil, entre os amigos. É como se fizesse de conta que fosse quase leviano. Mas estava claro que os outros respeitavam suas opiniões, que ele era uma espécie de líder do grupo. Nas situações de crise, ele assumia a dianteira. Ela queria entender qual a posição de Marcos no círculo de luz de sua "*petite illuminatión*". Ele havia se referido a uma daquelas pessoas como "professor e amigo". Mas naquele estado de percepções alteradas, Julie podia sentir que havia um respeito muito grande dos outros... "Magistes" com relação a ele. Ele era realmente um grande mistério. E ela estava ansiosa para enfrentar aquele mistério de sorrisos largos e abraços fortes...

Ela estava no Mar.

Aquele grande, maravilhoso e infinito Mar. Ela estava serena, completa, em paz. E ela percebe, ao longe, que uma centelha se exalta e se destaca do Mar. Mas, ao contrário da primeira visão que teve, agora ela sentia que presenciava a criação não de si, mas de outro.

Aquela centelha era realmente forte, poderosa. Sentia-se de longe seu vigor. Mas, observando atentamente, Julie nota a presença de algo mais; escondida atrás da poderosa centelha, ela percebe uma pequena sombra. A sombra se movimenta sempre, acompanhando o deslizar da centelha pelo Mar. Mas às vezes a sombra não acompanha a centelha. Na verdade, muitas vezes a sombra precede a centelha, abrindo caminho. É como se a movimentação da sombra desequilibrasse a centelha, que tinha de segui-la. Julie não compreendia o significado daquela visão. Sabia instintivamente que não a compreenderia.

Então a visão muda. Sombra e centelha se fundem, crescem e explodem em cores.

Uma serpente vem em sua direção. Uma serpente excepcionalmente grande, com um olhar estranhamente humano. Ao se aproximar, a serpente começa a mudar. Toma a forma de um grande tigre, com olhar faminto. O tigre é ainda mais ameaçador que a serpente. O tigre ainda está longe, quando fixa os olhos nela. E começa a correr em sua direção. Julie está aterrorizada, não tem como fugir. Quando está a dois metros de distância, o tigre salta sobre ela. E é atingido no meio do salto por outra serpente, ainda maior que a primeira. Eles se enroscam no chão, o tigre mordendo a serpente, que tenta estrangulá-lo. Ela houve os rugidos do tigre e o sibilar da serpente. Eles lutam, saltam, se enroscam de novo. A serpente finalmente imobiliza o tigre, enrolando-se ao seu redor, da cabeça à cauda. Ela se comprime. Ouve-se um estalo e o tigre cai ao chão com um baque surdo, esmigalhado. A serpente vira-se para Julie e a fita, com o mesmo olhar quase humano da primeira serpente, e em seguida para o alto. Suas escamas perdem o brilho, a cabeça se afila, o corpo encurta. Surgem duas asas poderosas. Ela se transforma lentamente em uma águia. A águia se eleva, plana ao redor de Julie e ganha os céus.

Julie ainda está encantada com a águia quando vê o tigre se movendo. Ele se levanta lentamente. Cada movimento produz o som de estalar de ossos. Julie pode sentir a dor, a humilhação e o ódio que vêm do animal. É um ódio tão grande que a faz parar de respirar. O tigre olha para ela, mostra as presas e solta um rugido feroz...

Julie acorda sobressaltada. A respiração acelerada, o coração batendo desesperado. Está coberta de suor. O medo é tanto que ela começa a rezar todas as orações que aprendeu em sua infância. Ela dá graças a Deus por ter acordado...

Quando ouve novamente o rugido feroz.

NÃO! CHEGA! EU ACORDEI! CHEGA!

O rugido de novo. Parece vir do lado de fora do quarto. Julie começa a chorar. Tem medo até de deixar a cama e colocar os pés no chão. Ela continua a rezar e a chorar, com cada vez mais intensidade. Quando um par de olhos vermelhos entra em seu quarto, simplesmente atravessando a parede, e para no canto do aposento. Os olhos se fixam em Julie, que começa a perceber o enorme corpo felino que se contorna ao redor dos olhos. Ela sente o ódio mortal vindo do animal e o quase palpável prazer sádico que a fera sente em provocar terror. A fera mostra as presas. Julie intui a verdade:

"Charlotte", pensa. E chora ainda mais convulsivamente. Tenta prender as lágrimas, mas o corpo todo treme e arqueia. Julie sabe que não há saída. Tudo que passou por sua cabeça perdeu o sentido. É o fim. Não mais o conhecimento. A alegria. A paz...

A fera se aproxima da cama em lento e doloroso zigue-zague, os olhos famintos fixos em Julie, destilando o mal. Ela está paralisada. Até mesmo o choro parou. Mal se pode perceber sua respiração.

A fera dá um pequeno salto e para com um baque sobre a cama de Julie, que range e estala. Julie, horrorizada, está completamente deitada, os ombros entre as patas monstruosas do animal, que baixa a cabeça em sua direção, com um rosnado quase inaudível, os olhos faiscantes fixos em sua presa, os dentes à mostra. Julie pode sentir o hálito quente e fétido da fera, sabe que são seus últimos segundos de vida...

Marcos entra no quarto com um chute que arrebenta o batente. Atrás dele, vem Anna. O animal salta da cama para o canto oposto do quarto. Ele encara as pessoas que entram no quarto com fúria, dando rugidos que fazem tremer as paredes. Eles o surpreenderam, fazendo-o abandonar sua presa. Ele está com um aspecto ainda mais feroz e ameaçador.

Julie salta da cama e pula nos braços de Marcos. Faz menção de sair correndo pela porta, quando ele a segura firmemente:

— Não corra! Em hipótese alguma dê as costas para isso! Se você correr, ou se abaixar, será atacada!

— O que faço então?

Marcos e Anna se abraçam lado a lado com Julie, que está no meio dos dois. A situação é tão estranha que as percepções de Julie ainda estão alteradas. Ela vê um borrão vermelho-escuro ao redor do gato monstruoso, que fica mais forte antes de ele soltar cada rugido. O próprio gato é meio indefinido. Julie ainda quer fugir.

Os dois amigos fecham os olhos, cada um abraçando Julie de um lado, e elevam os braços livres à frente. Ao redor dos três Julie percebe uma luz azul, fortíssima, muito parecida com o Mar. O monstro também parece ter percebido a luz e começa a se movimentar ansiosamente em frente ao trio, como se procurasse uma brecha para atacar. Julie está com os olhos arregalados, ainda em pânico.

— Julie – berra Marcos –, acorde! Precisamos de você!

— NÃO! Me deixe sair daqui!

— Não, preste atenção! Você está segura. Estamos aqui e a protegemos. Mas esse bicho está aqui por você – novo rugido –; se o afastarmos, ele volta quando estivermos desprevenidos. Você tem de vencê-lo agora!

— Eu estou com medo! Apavorada! Que posso fazer?

— OLHE PARA MIM! VOCÊ CONFIA EM MIM?

— SIM! – grita, em meio às lágrimas.

— Então me obedeça. Tem de ser agora. Sustente a barreira!

— Como?!

— Imagine, projete a luz azul ao nosso redor. É uma técnica de proteção. Uma representação – outro rugido, Julie se encolhe – do poder da Primeira Inteligência. Lembre-se: imaginação e vontade!

Julie fecha os olhos, imaginando um pedaço do Mar azul ao seu redor. Ela abre os olhos, percebe a barreira e que não são mais Marcos e Anna que a estão sustentando, mas ela mesma. A fera continua a se mover, agora parece na defensiva, acuada. E mais perigosa ainda. Mas não avança além da barreira.

Capítulo 15

– E agora?

– Agora a parte mais difícil! Prepare-se. Mantenha a barreira, mas imagine agora uma luz rosa-violeta em seu coração...

– Certo – diz Julie, imaginando um foco de luz violeta no coração. Ela não só vê, como também sente o calor da luz rosa-violeta...

– Atenção, Julie – fala Marcos, baixinho –, essa fera é puro ódio. É um instrumento de morte. Você a afastou com a luz azul, mas agora deve combatê-la diretamente. A luz rosa-violeta que você está criando agora é puro amor, um instrumento de vida. Você pode e deve vencer a fera. Prepare-se.

Julie intensifica a luz rosa-violeta. Parece agora ter um pequeno sol em seu peito. A fera ruge cada vez mais alto. Marcos fala cada vez mais baixo:

– Atenção. Projete a luz rosa-violeta além da barreira. Isso, agora cerque a fera com essa luz. Prepare-se para um tranco. Lembre-se, estamos com você. Envolva a fera... agora!

Julie usa a projeção luminosa como uma rede. Ela envolveu a fera, que começa a se debater e a urrar ainda mais que antes. Agora a fera é a caça...

A projeção fica da mesma cor vermelho-escura, quase negra, que envolve o animal. Julie sente um frio intenso. Uma enorme angústia. Uma tristeza tão profunda, uma dor tão grande, que pensa em se atirar à fera e acabar logo com aquilo. Aí abre os olhos cheios de lágrimas e vê Marcos. Marcos parece zombar de seus esforços, rir da menininha idiota. Ele a enfiou naquela situação. Deveria cortar seu pescoço! Desgraçado! Miserável! Ele e aquela vagabunda da Anna, que devia estar adorando a situação. Deveria matar os dois. Deveria...

Marcos se aproxima do rosto distorcido de ódio de Julie. Seus olhos estão em chamas. Ela mostra os dentes. Parece querer mordê-lo, feri-lo de alguma forma. Ele se aproxima mais, lentamente, e a beija suavemente na boca...

Julie cai em si... um beijo... seu rosto distorcido volta ao normal... ela não quer ferir Marcos ou Anna, eles a estão protegendo... aquele ódio não é dela... vem da fera! Ela tem de domar a fera!

– Agora, Julie, receba a força negra em seu coração. É a parte mais difícil, mas você já conseguiu quase o impossível. Transforme-a em mais luz violeta. Intensifique a luz! Lembre-se, é a luz do Amor! Sinta o Amor e o devolva na direção da fera!

Julie obedece. Quando percebe que aquele ódio não é seu, ela se da conta de que pode vencer. Ela intensifica a luz e pensa em amor. Pensa primeiro em Marcos. Mas percebe que essa forma de Amor é maior que o amor humano. É o Amor perfeito. Outro aspecto do Mar.

Ela intensifica a luz e a lança na direção da fera. O monstro parece levar um choque. Diminui o andar de um lado para o outro. Ela continua emitindo a luz rosa-violeta. Os rugidos vão perdendo intensidade. A fera para de vez. Silencia. E deita-se no chão.

– Perfeito! – diz Marcos exultante, os olhos brilhando. – Agora, aproxime-se do animal.

Julie se aproxima, secando as lágrimas. Não tem mais medo. Não passa de um gato grande. Não há mais o poder negro vindo dele.

– Isso, Julie. Você venceu! Afague a cabeça do gato. É só isso. Um gato.

– Sim, agora eu sei.

– Na verdade não é nem mesmo um gato, Julie. É a ideia de um gato. Dissolva essa ideia.

Julie olha o animal de maneira suave, contemplativa, e ele se desfaz lentamente.

– Agora, absorva a energia da ideia, Julie. Traga-a para dentro de seu coração. Absorva-a em forma de Amor.

Ela obedece. O gato vai se desfazendo. Sua essência vai se desprendendo da forma e fluindo para Julie, que a absorve à altura do coração. O gato some.

– CONSEGUIMOS! – grita Julie. – Não sei exatamente o que ou como, mas conseguimos!

– Parabéns – diz Anna, o rosto surpreso –, só estudiosos extremamente experientes fariam o que você fez e sobreviveriam.

– E o que exatamente eu fiz?

– Você se defendeu de um ataque psíquico extremamente poderoso – responde Marcos –, envolveu percepção simultânea do plano físico, astral e mental. Você derrotou uma forma elemental artificial de fúria. Um dos seres transitórios, lembra? Artificiais, digamos. Criado pela concentração de um mago muito experiente que o animou com sua própria força vital. Você se defendeu, transmutou a energia emocional e a absorveu. Fantástico!

– Você já deve ter feito isso dezenas de vezes.

– Na verdade, nunca.

– O QUÊ?

– Conhecia a técnica, mas nunca fui atacado assim. Mas tinha certeza de que você conseguiria.

– E agora?

– Agora temos um ponto de partida. Você absorveu a força vital usada pelo mago para invocar o elemental artificial, prendê-lo e energizar a fera. Ele não poderá reaver esse poder. Deve estar extremamente enfraquecido, prostrado, quase um vegetal. Vamos procurar um desgraçado nessas condições próximo daqui. Quando o localizarmos, localizaremos o inimigo. E descobriremos seu chefe.

– E faremos o quê?

– Agora é guerra – diz Anna.

Capítulo 16

Marcos chamou o delegado logo pela manhã. Carlos passou pela pousada antes de ir à delegacia. Ao dar o primeiro passo dentro da casa, sentiu um arrepio pelo corpo inteiro, que gelou sua espinha. À medida que entrava, ficou ligeiramente tonto, por causa do cheiro insuportável de podre que sentia. Encontrou seus três amigos na cozinha:

– Que diabos aconteceu aqui? A casa está empesteada! Parece que acharam um corpo em decomposição no armário! Um não, vários! Qual de vocês é o *serial killer*?

– Putz! Tivemos uma noite ótima e ele vem com essas nojeiras na hora do café – diz Anna, se divertindo com o jeito rude do namorado. Ele devia parar de ver aqueles *films noirs* policiais. Definitivamente, ele não tinha o charme de Bogart...

– Calma, meu amigo – apazigua Marcos –, está tudo sob controle agora. Tivemos uma noite de cão... ou de gato, sei lá. Você deve estar sentindo resíduos do que enfrentamos. Mas estamos felizes com a performance de nossa portuguesinha. A menina está se saindo melhor que a encomenda.

– Como assim, quem me encomendou?

– Ai, Jisuis!

Carlos é colocado a par dos acontecimentos da noite anterior, boquiaberto. Eles sabiam que Charlotte havia sido vítima de um ataque semelhante. Mas algo daquela intensidade era conhecido apenas em teoria. Nunca haviam visto nada igual. Era ainda mais complexo que o processo do "observador remoto", da noite anterior. Porque, naquele caso, a energia direcionada contra a vítima veio de um terceiro, o tal vigia. Mas o fenômeno daquela noite exigia uma pessoa, ou mais de uma, conectadas continuamente ao elemental artificial, animando-o. Na verdade Julie havia lutado contra essas pessoas, que se manifestavam por meio daquela forma grotesca. E como havia lutado! Ele não estava certo de que suportaria aquele ataque. Nem Anna. Talvez Marcos. Talvez.

– E como você está agora, Julie?

– Revigorada, delegado. Parece que tomei aquele tal de guaraná em pó de que Anna me falou.

– Guaraná em pó? – diz Carlos, olhando com ar de estranheza para Anna, que dá de ombros. – Deixa pra lá. Você está assim porque sugou as energias de seus atacantes.

– Eu... não tinha pensado assim – diz Julie, com ar de preocupação. – Eu fui uma... vampira?

– Calma, Julie, menos – interrompe Marcos –, você absorveu aquela energia sim, mas: primeiro, foi autodefesa. Segundo, a energia havia sido externalizada, projetada para servir como arma. Você não violou a integridade de ninguém. E terceiro, lembre-se de que tipo de força você usou para se defender. Se fosse um ato vil, seria impossível acessar aquele poder. É muito diferente de "vampirizar" alguém, como você disse. Que, aliás, é o que deve ter acontecido com aquelas mortes estranhas que você investigava.

– E os acidentes estranhos?

– Existem inúmeras maneiras de se nublar ou alterar a percepção de pessoas não treinadas, Julie. Não saberia te dizer qual delas foi usada em cada caso.

– E agora? – pergunta Carlos.

– Agora, Carlão – responde Marcos –, sugiro uma ronda pelo hospital da ilha e por todos os consultórios médicos. Nosso homem está lá.

– Se não foi jogado ao mar, também.

– Duvido de que alguém se livrasse de um associado capaz de gerar um fenômeno desses. É uma habilidade rara. Digna de um mestre.

– Certo. Falo com você depois.

– Fechado.

Anna e Marcos foram trabalhar no café. Não queriam deixar Julie sozinha, então a recrutaram para ficar no caixa. Como não era fim de semana, o movimento estava bem fraco. O dia se passou entre meia dúzia de cafés, alguns sanduíches e os muitos livros que Julie folheou ao longo do dia. Com a loja quase vazia, os sócios decidiram fechar bem cedo, às nove horas. Afinal, já eram dois dias sem dormir direito e o corpo começava a reclamar.

Anna saiu com Carlos. Julie e Marcos foram para a pousada. Marcos preparou uma *pasta ao pesto*. Ou seja, espaguete italiano, de massa dura, preparada apenas com água e sal. O pesto é um tempero que mistura azeite, nozes, manjericão e parmesão, batidos no liquidificador. Julie saiu do chuveiro, os cabelos molhados, sentindo o cheiro do pão italiano que saía do forno. Abriram uma garrafa de vinho tinto gaúcho para completar.

– Hum, bom isso aqui! Sinto-me na Itália. Mais um pouquinho de vinho, *per favore*.

– Acho que terei de fazer mais macarrão, ou você vai comer os pratos!

– Não, estou satisfeitíssima. Tudo ótimo. O macarrão – gostei desse tempero – o pão italiano, o vinho. Que tal um chá para finalizar?

– Que seja; me ajude a levar essa tralha toda para a cozinha, por favor.

Chá feito, retornaram à sala principal. Julie perguntou, enquanto adoçava seu chá:

– Como começou?

– O quê, exatamente? – diz Marcos, sorrindo.

– Como você se meteu com isso? Ninguém acorda de manhã e diz "Vou estudar Magia". Deve haver uma história por trás disso.

– Há um processo, digamos, um processo longo. Sempre adorei ler, Julie, tudo que caísse em minhas mãos, desde os 6 anos. Gostava de ficção científica, policial, aventuras, tudo que fosse misterioso ou excitasse a imaginação. E me imaginava em lugares exóticos, conhecendo povos diferentes do outro lado do mundo. Também lia sobre civilizações antigas, reais ou imaginárias. E parapsicologia, que para mim era uma espécie de ficção científica.

Quando eu tinha 18 anos, tive uma namorada de quem eu gostava muito. Ela estava em uma fase meio ruim com a família, meio deprimida. Uma prima dessa minha namorada a convidou para participar de uma ordem iniciática. Uma dessas ordens em que as pessoas têm de prestar juramento, cobrir-se de símbolos e aprender frases secretas. Fiquei muito preocupado. Primeiro porque já sabia que existem muitos picaretas esotéricos por aí. Especialmente uma mulher jovem e bonita é um prato cheio para gurus mal-intencionados. E fiquei com medo de que ela fanatizasse. É muito comum pessoas frágeis ou com problemas se agarrarem ao mistério até como forma de dar sentido às suas vidas. Como era estudante, com poucos recursos financeiros, virei rato de biblioteca. Comecei a estudar tudo que caía em minhas mãos sobre psicologia, parapsicologia, ocultismo, história, ordens iniciáticas, etc. Felizmente ela não se adaptou à filosofia daquela ordem e a abandonou. Mas eu continuei a estudar. Como eu iria descobrir mais tarde, querer é o primeiro e maior passo para tudo na vida. Comecei a ter acesso a livros e publicações que, em tese, deveriam ser consultados apenas por grupos restritos, a conhecer pessoas dos mais diferentes tipos, desde estudiosos absolutamente geniais até completos loucos varridos. Mais ou menos dois anos depois tive minha pequena iluminação...

– Mas você falou em doze anos...
– Sim. Eu cheguei até ela de maneira meio inconsciente, não diria sem querer, mas não foi algo absolutamente intencional. E não tive um apoio como você. Na verdade, não estava pronto. Não consegui compreender o que vi, muito menos repetir o processo. Em uma segunda tentativa, muito malfeita, em um dia em que eu jamais poderia fazer algo desse tipo por causa do cansaço e da pouca capacidade de concentração, fui arremessado em uma área escura...

– O que é isso?
– Energias, espíritos, pessoas se unem de acordo com suas afinidades. Especialmente no plano emocional, ou astral, existem ilhas de luz e ilhas de sombra. Foi uma tentativa malfeita, sem foco, absolutamente nenhum. Deixei-me vagar, sem objetivo. E fui parar em uma zona limite, entre uma área luminosa e outra de sombra. Imagine, Julie, em um momento, estava do lado iluminado, tendo uma amostra daquela sensação maravilhosa que você conhece tão bem,

de SER a luz. E no instante seguinte estava no lado sombrio. A única descrição eficiente que imagino para o terror que senti é estar sem ar, a 40 metros de profundidade, cercado por um cardume de tubarões famintos de três metros de comprimento...

– E aí? – pergunta Julie, olhos arregalados.

– Levei dez minutos para recuperar o controle e voltar. Nunca rezei tanto. Os dez minutos mais longos e terríveis da minha vida... Hoje eu saberia atravessar uma região dessas, adequadamente protegido, sabendo o que estava passando e compreendendo as imagens. Mas naquela época... Aquilo acabou comigo. Durante anos tive um trauma psíquico que me impedia de concentrar o suficiente para alcançar qualquer fenômeno digno de nota. Mas eu estudei. Muito. Até porque, quando eu fechava os olhos, ainda via as luzes ao longe. Então não podia simplesmente enfiar a cabeça em um buraco e esquecer.

– Você não leva jeito para avestruz.

Pois é. Continuei cruzando com malucos e gênios, só que agora tinha os dois pés atrás. Depois de muito tempo, consegui estruturar o conhecimento que possuía de maneira coerente, e em seguida encontrei pessoas que me auxiliaram a preencher algumas lacunas nesse meu conhecimento e, principalmente, a selecionar um caminho, separando a informação confiável da fantasia. Paralelamente a isso, levava minha vidinha comum. Trabalhei em grandes multinacionais, construí uma carreira...

– De terno e gravata?

– É – diz Marcos, rindo –, ainda tenho um que uso para casamentos. Mas, como dizia, estava desiludido com aquilo. À medida que subia na carreira, encontrava pessoas mais e mais interessadas apenas em se autopromover. Parecia um concurso de *miss*. O ego maior ganha. Isso não me interessava. Gostava realmente de meu trabalho, de atender aos clientes, usar a cabeça para propor soluções, etc. Mas levava cada vez mais tempo dedicado a atividades inúteis e burocráticas, como mostrar ao presidente da matriz que vinha nos visitar que éramos incríveis, maravilhosos ou outra porcaria do gênero. Estava jogando minha vida fora, simplesmente para alimentar o ego dos outros.

– Uma fogueira de vaidades...
– Exato. Aí as coisas simplesmente convergiram – gosto dessa palavra. – As peças se encaixaram em minha cabeça e, click, tive um *insight*, uma iluminação. Aí deixei de ter o conhecimento para ser o conhecimento. E consegui completar minha iluminação.
– Doze anos depois?
– Doze longos anos depois. Em pouco tempo, tive acesso ao conhecimento de minhas últimas duas vidas...
– Sua terceira viagem!
– Exato. Não me venha perguntar em detalhes o que fiz, porque não sei, e realmente não interessa. O importante é que recuperei o conhecimento conquistado previamente.
– É por isso que tenho a impressão de saber coisas das quais nunca ouvi falar antes?
– Provavelmente sim. Você não poderia ter dado o salto que deu sem preparo prévio. Mesmo com pequenas coisas, como sentir o cálice de prata que lhe dei quando nos conhecemos.
– Aquele do vinho de porto?
– Sim. Imantei, carreguei o cálice com um pouco de energia para testar sua sensibilidade e, bingo, na mosca. Você percebeu.
– Aí vieste para cá?
– Já frequentava a ilha havia tempos. Já tinha sido aceito no círculo. Quando soube da necessidade de vigias aqui, me ofereci. Fiz uma fogueira com meus ternos – como fiquei triste! – e comprei o café. Anna foi minha amiga na universidade, amava sua profissão, mas estava decepcionada com as condições em que estava a saúde pública, sua paixão. Recusava-se a virar médica de madame, como ela diz. Pouco depois de eu vir para cá, ela se ofereceu como sócia e eu aceitei.
– E Carlos?
– Outro bom amigo de longa data. Quase um irmão para mim. E sempre foi apaixonado pela Anna. Quando viemos para cá, ele pediu a transferência. Era difícil, mas eu dei uma mãozinha.
– E pode fazer isso? Quer dizer, usar a Arte para proveito pessoal?
– Desde que não faça mal a ninguém? Por que não? É como ser inteligente e não usar o cérebro para conseguir o que se quer. Além do mais, eu já havia percebido o dom de Anna e de Carlos. Eles sabiam

que eu mexia com "algumas coisas estranhas". Achavam que era um *hobby* bobo e inofensivo. Mas eram boas pessoas, com os princípios e os sentimentos corretos. E talento nato. Foi fácil apresentá-los à Arte e instruí-los. Precisávamos de um grupo de guardiões, com determinadas características. Estávamos quase prontos.

– Quase?

– O ideal seria quatro de nós. Com o tempo a ensino o significado dos números...

– Numerologia?

– Aritmosofia. Estudo dos números e ritmos da realidade, definido por Pitágoras, entre outros. Numerologia é seu primo pobre. Normalmente aplicado por quem não sabe nem tabuada.

– Tá. Estávamos no quase...

– Aí você surgiu. Deveria surgir alguém. Você sabe, a bendita sincronicidade. Nesse caso, o universo tende sempre ao equilíbrio. O nosso deveria surgir em breve. Daí surge você. Como Anna e Carlos, os valores e os sentimentos corretos. Inteligência, coragem e sensibilidade. Até a herança cultural correta...

– Como assim? – pergunta Júlia, em parte para disfarçar o fato de estar ficando vermelha.

– Carregamos os resultados de nossas vidas passadas e também a herança da cultura da qual viemos. Você aprenderá a identificar isso por meio de símbolos. Eu, por exemplo, tenho ascendentes italianos, portugueses, austríacos e índios. Isso é normal no Brasil, um país de imigrantes. Carlos tem ascendência espanhola, portuguesa e etíope. Anna, nórdica e russa. Você tem herança celta e asiática...

– Como... Eu tenho mesmo um bisavô malaio, mas não se comenta muito isso em minha família, nem lembro disso...

– Como eu disse, símbolos. Você aprenderá. E por tudo isso, você é perfeita para nos completar.

Julie olhou nos olhos de Marcos, séria:

– Só por isso?

Foi a vez de Marcos ficar sem graça. A pergunta de Julie o fez desmoronar. Estava se sentindo como um adolescente, não como um homem calejado. Carlos iria adorar ver seu amigo se atrapalhar daquele jeito. Tinha de ser direto:

– Não. E você sabe disso.

– Não sei... – disse Julie com um sorriso cínico.

Marcos se aproximou:

– Julie – disse Marcos, baixando a voz –, quando te vi pela primeira vez, fiquei interessado. Mas ao longo desses dias, vendo como você era, te conhecendo... Quando aconteceu o acidente do mergulho, fiquei em pedaços. Como se algo precioso e recém-descoberto tivesse sido perdido. Isso me deixa surpreso. Nunca me envolvi tão rápido, tão forte ao mesmo tempo, eu...

Julie calou-o, com dois dedos nos lábios. Os olhos de ambos brilhavam. Corações disparados, boca seca. Marcos acariciou-lhe o rosto, a mão passou pelos cabelos, até a nuca. Aproximou sua boca de Julie, roçando os lábios, aproveitando cada momento. Abraçaram-se. Beijaram-se.

Julie sentia-se ligeiramente tonta. Sentia as mãos de Marcos, sua boca, seu corpo, seu hálito e muito mais. Dividiam as batidas do coração, a respiração e o pulso. Como se ambos pulsassem juntos, em uníssono. A cada pulsação, eram mais e mais um só. Um corpo, uma alma, um sonho. Nunca havia sentido aquilo, não daquela forma, daquela intensidade, com aquela poesia. Sentia o turbilhão dentro de si e além, até ele. Fazendo-a voar. A pele, a música. Marcos...

Marcos também tinha uma experiência inédita. Nunca amara ninguém. Apaixonara-se duas vezes, mas não havia se permitido amar aquelas mulheres. Não sabia por que ao certo. Agora, nos braços de Julie, ele sentia algo que sempre acreditou existir, mas imaginava não estar a seu alcance. A pele dela, seu cheiro, sua voz aos seus ouvidos. A movimentação rítmica e única de seus corpos era acompanhada por um crescendo que preenchia todo o seu ser. Era um prazer tão intenso que era quase desespero. Uma felicidade tão grande que chegava a doer. Havia uma fome de ser completo, de se preencher.

Entre risos, gemidos e gritos de felicidade, entre cores que vinham do coração e música que embalava a alma, em meio à pureza do suor que consumava o amor recém-descoberto, eles atravessaram a noite.

Capítulo 17

Eram duas horas da tarde. O sol alto coloria a rua com cores intensas. Uma brisa suave soprava do canal, como quase todos os dias, levando alguns esportistas a treinar sua habilidade em alguns veleiros e principalmente em pranchas de windsurfe. Alguns carros passavam lentamente em frente ao café, refletindo a disposição dos motoristas naquele início de tarde quente.

Dentro do café, o ar-condicionado tentava tornar o clima um pouco mais ameno àqueles que tinham de trabalhar. Havia alguns fregueses terminando o prato do dia, alguns tomando café ou escolhendo revistas. Mas algo estava diferente. Um dos motivos de o café estar cheio mesmo em baixa temporada era a atenção que Marcos dedicava aos clientes, em especial às clientes. Não que flertasse com a clientela, mas não podia evitar jogar sutilmente um pouco de charme sobre as clientes mais interessantes. Anna achava que era coisa de Don Juan barato. "Barato, não!", respondia Marcos, como se estivesse ofendido. Mas aumentava a freguesia, então...

Mas naquele dia... Marcos continuava atencioso, mas um pouquinho mais distante que o habitual. Anna percebeu. Havia dormido na casa de Carlos, mas quando entrou na pousada para se preparar para o trabalho sentiu, de várias maneiras, que algo importante, e bom, havia ocorrido. Olhando agora o jeito leve do amigo durante o dia, mesmo naquele período de tensão...

Julie entrou sorrindo no café e, como se fosse dizer algo nos ouvidos de Marcos, se aproximou; roçando seu rosto suavemente no dele, deu-lhe um pequeno beijo na face. Anna prestou atenção nesse detalhe, bem como as duas advogadas da mesa três, freguesas habituais da casa, que se entreolharam com ligeiro ar de surpresa. A mais alta mediu Julie, que estava de costas, com os olhos, dos pés à cabeça. Anna, lendo seus lábios à distância, percebeu-a dizer "portuguesinha nojenta". Marcos se aproximou do caixa:

– Anna, feche a cinco, por favor.
– É melhor tomar cuidado. Seu fã-clube hoje está mal-humorado. É capaz de baterem em Julie...
– A Rosana e a Márcia? Por que fariam isso?

Anna olhou para Marcos com aquela cara de "Quem você pensa que enrola?". Ele, por sua vez, respondeu com a expressão cínica de "Não tenho nada a ver com isso". Carlos entra e vai direto ao balcão, sem mesmo cumprimentar Julie ou os muitos conhecidos que estavam no café:

– Venha aqui dentro – disse para Marcos.
– Posso saber do que se trata? – perguntou Anna.
– Sim. E traga Julie.

Anna passou o caixa para a auxiliar, Roberta, e puxou Julie pela mão para dentro do pequeno escritório que havia ao lado da cozinha.

– O que acontece, homem? – perguntou Marcos.
– Achei.
– Como?
– Achei o inimigo.

Fez-se um silêncio assustador. Todos sabiam o que significava. O tempo estava no fim.

– Fiz a busca que você sugeriu. Na mosca. Quatro homens foram internados com suspeita de envenenamento por monóxido de carbono. Alegaram que estavam ancorados ao largo da ilha em um iate e que, durante a noite, haviam deixado ligado o gerador para recarregar as baterias do barco. Um vazamento no escapamento do gerador inundou as cabines com fumaça. Foram internados muito fracos, estão recebendo soro e um deles está em regime semi-intensivo, em coma.

— Isso explica a potência do ataque. Um agente principal suportado por três auxiliares. Mas como não os achamos?

— Ancorados ao largo, Marcos. Na verdade, o iate estava ancorado atrás das pequenas ilhas do lado oceânico da ilha principal. Devia estar atrás da ilha de Búzios ou da Sumítica.

— Óbvio – disse Marcos, sentando na cadeira, os cotovelos apoiados na mesa e as mãos escondendo o rosto –, como fomos burros!

— Não entendi – disse Julie.

— A Linha do Dragão cerca a ilha, Julie, como um rio contornando uma pedra, pelos dois lados. Após o primeiro ataque, eu e Carlos tentamos rastreá-los, aqui na ilha e no continente. Não nos ocorreu que a Linha poderia ser uma barreira entre a ilha principal e as secundárias, que ficam no lado virado para o oceano, entendeu? Eles não estavam então nem do lado de cá, nem do lado de lá do canal. Eles estavam atrás de nós, do outro lado da ilha principal.

— Eles devem ter deixado o vigia no continente, em São Sebastião, porque era mais fácil para ele se movimentar até a ilha – emendou Carlos –, mas parece que vão mudar o jogo...

— Como assim? – perguntou Anna.

— Decidiram ficar na ilha. Alugaram uma casa depois da praia do Jabaquara, ao norte. A estrada acaba um quilômetro antes, tem uma trilha de terra, mas o principal acesso é de barco.

— É a casa do juiz? – pergunta Marcos.

— É. Estava fechada havia anos. Reformaram recentemente e colocaram para alugar. O corretor me disse que vão ocupar a casa hoje, fim de tarde. Não gostei. Parece declaração de guerra. E a casa parece uma fortaleza. Um muro enorme de um lado e um rochedo de 30 metros de altura voltado para o mar. O juiz era paranoico com segurança, mesmo aqui, nesse paraíso.

Marcos se levanta e começa a andar de um lado para o outro do pequeno escritório:

— De onde são os caras?

— Cada um de um canto. Um canadense, dois espanhóis e um alemão. A bandeira do iate é norueguesa. No cais me descreveram como um barco enorme, *design* da década de 1970, uns 90 ou 100 pés, branco e com uma cruz desenhada na lateral.

Anna faz uma cara preocupada, recua um passo e olha para a porta:

– Seria um ankh, Carlos?

– Anqui? – diz Julie.

– É um hieróglifo egípcio, Julie, parece uma cruz. Por quê Anninha?

– Venha cá. De onde estou.

Todos vieram em direção à Anna, que estava próxima à porta. Ela apontou o mar. Em frente ao café, ancorado a não mais que 300 metros, estava o iate antigo, de linhas clássicas. Um ankh egípcio negro marcava a lateral. Ankh. Ressurreição. Vida eterna. Morte.

Capítulo 18

Marcos sai do café para a rua:
— Um desafio – diz entredentes.
— Isso é claro, mas por quê?
— Não sei, Carlão. Mas é claro como água. Ele esteve se escondendo como um rato, atacando à distância. Agora, por algum motivo, deve estar se sentindo seguro.
— Não faz sentido, Marcos. Ele falhou duas vezes. Seguidas. Não tem motivo para se sentir seguro. Sabe quem somos. Sabe o que fazemos aqui. Sabe que podemos peitá-lo. Por que ancorar em nossa cara?
— Ou ele recebeu reforços, ou está se sentindo mais forte com a iminência da janela Akashi.
— Ou está blefando.
— Como?
— Blefando, meu amigo. Está levando uma surra. Mas faz questão de se mostrar. Como se nos ignorasse. Quer nos intimidar. É um bandido como outro qualquer e disso eu entendo.
— Então vamos fazê-lo mostrar as cartas – dizendo isso, Marcos atravessa a rua. Aproxima-se de um marinheiro, que conversa com outros sob uma árvore próxima ao café. É um velho conhecido de Marcos. Ele pede emprestado um pequeno bote de borracha a motor, que está na sombra, usado pelo marinheiro para embarcar e desembarcar passageiros. Faz um sinal para Carlos, que atravessa a rua correndo:

– O que pretende fazer, seu maluco?

– Me ajude a puxar o barco para a água. Vamos visitar nosso novo amigo.

– Não é uma boa ideia. Não sabemos quantos homens estão no barco, é muito grande. E as meninas estão apavoradas. Julie então, nem se fala. Melhor observarmos antes...

– Carlos, é como o gato de Julie. Se virarmos as costas, nos ataca. Vamos conhecer esse palhaço. Ele deve dois ataques à minha mulher...

– Sua mulher?

– É um desafio? Será respondido à altura.

Marcos diz isso, liga o pequeno motor de popa, manobra o bote no sentido do iate e acelera.

No barco, um homem alto, de meia-idade, está observando com um binóculo a movimentação. Ao perceber o rumo tomado pelo barquinho, ele abaixa o instrumento e entra.

Marcos dá a volta no barco a mais ou menos 50 metros de distância. Realmente é bem grande. Um desenho clássico. Apesar da idade, deve ser bem caro. Todas as escotilhas estão fechadas, a porta de vidro na popa também. Todos os vidros são revestidos por uma película escura, impossibilitando a visão do interior. Ele vê a bandeira norueguesa no mastro e o nome, *Ankh*, na traseira do barco. Discretamente, Carlos checa a pistola automática. Encostam o bote na lateral do iate.

O homem de meia-idade sai da cabine. Olha para eles e fez sinal para que lhe joguem o cabo da âncora. Carlos faz isso. Marcos diminui a marcha:

– Carlos, deixe que eu falo. Relaxe, solte os sentidos e preocupe-se em observar tudo que puder lá dentro.

– Ok.

Os dois saltam do bote, que é amarrado à amurada pelo homem. Em seguida ele abre a porta de vidro da popa, fazendo sinal para que entrem.

Há cinco pessoas dentro da saleta. Três homens e duas mulheres. Todos jovens. A mais nova deve ter 19 anos. Cabelos castanho-claros, presos em um rabo de cavalo. Um metro e setenta, esguia. Veste um pequeno short *jeans* e camiseta branca amarrada na cintura. Conversando com ela no meio da saleta, de pé, a outra mulher, 26, 27 anos. Morena, cabelos longos e cheios, muito, muito bonita, do tipo voluptuosa, farta. Provavelmente silicone. Usa uma bermuda branca justa e camiseta amarela mais justa ainda. Ambas parecem o tipo de mulher que é presença obrigatória em barcos daquele tipo. Objetos de ostentação machista, tanto quanto o barco em si. Elas olham os recém-chegados de um jeito meio curioso, meio oferecido. Já os homens os observam de maneira nitidamente hostil. O mais velho, sentado em uma das banquetas do bar, não deve ter 40 anos, grande, cabelos e bigode castanho-claros, jeitão de homem do mar, lembrando um viking. Um loiro de uns 30 anos, magro, estatura mediana, está de pé, no meio das duas mulheres, fumando, cara de Don Juan Barato. O tipo de homem que deve carregar uma faca ou punhal, cara de traiçoeiro. Olha como se eles estivessem lá para tomar as duas mulheres dele. O último deve ter uns 25 anos. Excepcionalmente forte, cara de burro. A camiseta deixa ver uma enorme tatuagem tribal no ombro direito. Deve ser o mais agressivo dos três. Mas o mais perigoso deve ser o primeiro. No entanto, nenhum deles se dirige diretamente a Marcos ou ao delegado, portanto não devem ser quem procuram. O marinheiro que havia lhes lançado o cabo de atracação desce para o interior do barco.

Marcos começa a prestar atenção nos detalhes. O interior do barco é grande. Barcos costumam ser pequenos ou atulhados, mas aquele é diferente. A saleta parece um escritório moderno. Móveis de aço e couro branco, fixos na estrutura do iate. Iluminação indireta, que fica acesa mesmo de dia, já que os vidros filmados não deixam passar toda a luz do sol. Quadros a óleo com desenhos geométricos, um bar embutido na parede, repleto de equipamentos eletrônicos, bebidas caríssimas e uma caixa de charutos, que devem custar algumas dezenas de dólares cada um. Conforto, sim, mas principalmente exibicionismo. O dono daquele barco quer demonstrar sua posição.

O marinheiro volta, e retorna à área externa. Logo em seguida, da pequena escada que leva ao interior do barco vem outro homem, nitidamente diferente do restante da tripulação. Vem andando devagar, sorri para as mulheres. Transborda confiança. É um pouco mais alto que Marcos, pouco mais de 1,90 metro. Uns 40 anos, muito forte, queimado de sol. Diz algo aos ouvidos do tripulante mais velho, o que parece marinheiro. Este se levanta da banqueta, faz um sinal para os outros dois, e sai puxando as mulheres pelos braços. O chefe então toma lugar em uma das poltronas de couro branco, fazendo um sinal para que Marcos e Carlos se sentem em um sofá à frente.

Fica alguns instantes olhando fixamente para os dois. Acende um charuto e fala, com forte sotaque espanhol:

– Não lembro de vocês.

– Deveria? – pergunta Marcos.

– Sim. Lembro de cada palhaço de seu maldito círculo. Passei algumas vidas lembrando cada detalhe de cada um de vocês. Vocês dois não estavam lá.

– É verdade, nos integramos ao círculo depois do caso de vocês.

– Mesmo? Aquele velho caquético pode ter encarnado de novo, mas trouxe o mesmo espírito esclerosado – disse, com ar de desprezo. – Deixar um novato liderando o grupo de proteção dessa janela? Deve estar esclerosado ou desesperado.

– Ou sabe o que faz. Afinal, te vencemos duas vezes e uma delas foi uma surra...

O homem lança o corpo ligeiramente para a frente, apoiando os cotovelos nos joelhos. É nítida a força que faz para manter o controle e não voar nos pescoço de Marcos. Carlos instintivamente se prepara para sacar a arma. Seguindo a orientação do amigo, havia expandido sua consciência e pôde literalmente ver o ódio vermelho queimando ao redor do inimigo. O vermelho-fogo se projeta até Marcos, cercando-o. Mas ele se mantém inabalável, cara de jogador de pôquer que não demonstra o que tem nas mãos. O homem fala, dentes cerrados:

– Vocês tiveram sorte, só isso. Ainda não entendi como você conseguiu salvar a celta. Sorte de principiante. Sua e dela. Quanto ao elemental artificial, fomos um pouco descuidados. Não imaginei que vocês pudessem enfrentar aquilo. Era uma questão apenas de reforçar um pouco mais o ataque...

– Um pouco mais? Quantos homens seus você queria que mandássemos para o hospital? Sua equipe é tão grande assim? Não percebi nenhum talento excepcional em sua tripulação. Os homens parecem bandidos baratos, as mulheres parecem só baratas...

– Não preciso de ninguém para lidar com você, pequeno warlock – disse em tom ameaçador. – Se ainda não tirei sua pele e desse bando de mágicos de segunda linha, é porque estou me preparando para a janela. Vocês são vermes. Vocês e suas cadelas. Não valem envolvimento pessoal.

– Então, por que o desafio? Por que perder tempo conosco? Por que exibir poder?

O homem recosta-se novamente, reassumindo a postura confiante:

– Estava curioso. Queria vê-los pessoalmente. Saber o que vocês são. Talvez me divertir um pouco mais. Sua cadelinha celta já consegue dormir sem pesadelos?

– Por causa de seu gato? Nem chegou a tê-los. Bem pior está seu homem que ainda não acordou no hospital, pelo que sabemos. A polícia vai querer fazer umas perguntas.

– *"Grand mierda."* Convidados de um turista europeu milionário se intoxicam em viagem. Que grande problema!

Foi a vez de Marcos inclinar-se para a frente e olhar nos olhos do homem:

– Você pode impressionar esse grupo de tapados e biscates que trouxe para cá, mas não a nós. Você é um blefe, uma mentira. Irá pagar pelos ataques a nós e pelas mortes de Charlotte, Irene e todas as outras.

– É? E quem vai me prender, esse seu xerifezinho patético?

– Sozinho, ele responde à lei. Juntos, respondemos a um poder muito maior. Os acontecimentos até agora foram só um aperitivo. Você vai levar outra surra. E, dessa vez, não vai fugir com o rabinho entre as pernas, sarnento!

– Veremos – disse com um sorriso cínico –, sua pele vai servir de pano de chão em meu barco. E suas cadelinhas vão ser nossa diversão.

– Duvido – disse Marcos, levantando e se encaminhando para a saída. – A propósito, não fui eu quem derrotou seu elemental. Foi nossa "cadelinha" mais inexperiente quem botou no seu rabo. E no rabo de mais quatro homens seus. Prepare-se. Talvez seja sua pele que irá decorar meu hotel.

Capítulo 19

— Então, como foi? – pergunta Julie, aflita. – Ficamos aqui com o estômago na mão.

— Coração, Julie, coração na mão – diz Carlos. – Foi pesado, achei que não sairíamos de lá vivos...

— Por muito pouco, meu amigo – diz Marcos –, apesar das bravatas e do teatro todo, o caso é sério. Ele realmente é, ou acha que é, Yurgen. Isso o faz muito perigoso, por seu poder, se realmente for, ou pela loucura, se não.

— Então se prepare para a péssima notícia. Acho que ele é! Você não pôde perceber o que percebi. O poder ao redor dele é extraordinário. Maior que o de nós quatro juntos. Uma pessoa desprotegida teria sido mentalmente destroçada durante aquela conversa. Ele passou o tempo todo atacando você sutilmente. Acredite, ele sabe fazer isso. E eu não me lembro de ter visto tanto ódio acumulado em uma só pessoa.

— Eu senti o ataque. Mesmo não estando com o nível de percepção adequado. Concordo com você, ele é perigoso.

— Se ele é tão forte, por que falhou duas vezes conosco? – pergunta Anna. – Não faz sentido!

— Faz sim, Anna – responde Marcos. – Lembre-se de que ele não acessa a Fonte, a Primeira Inteligência. O poder dele é resultado de sua canalhice. Ele deve ter acumulado esse poder, vítima após vítima, durante muitos anos. Não pode desperdiçá-lo em nós. Lembre-se de que ele já enfrentou o círculo antes e se deu mal. Deve estar guardando cada gota de poder para o combate. Além disso, aquele tipo de ataque, do elemental artificial, necessita de exteriorização da energia do Magiste. Ela fica exposta, é uma técnica de alto risco, como pode dizer o substituto que ele usou para nos atacar, e que agora está babando no hospital. Como esse outro usa as mesmas técnicas de Yurgen, ele teve de usar sua própria energia, mais a de três auxiliares, para animar o elemental artificial.

– Tá. Mas, de qualquer maneira, significa que o sujeito era muito bom – responde Anna. – Não é qualquer um que modela e controla uma besta daquelas sem ser estraçalhado. Quantos mais substitutos desses ele ainda tem?

– Eu arriscaria dizer nenhum – diz Carlos. – Faz sentido ter um preposto para substituí-lo em ocasiões perigosas como essa. Mas eu não acredito que ele dividiria o poder com mais pessoas, além do estritamente necessário. É egoísta demais para isso. O único poder que percebi fora o dele foram resíduos de energia, muito ruim por sinal, na popa do barco. Eu diria que foi onde ele sacrificou o homem que falhou em vigiar Julie. E não notei nenhum talento ou poder excepcional entre aquele pessoal. Como disse nosso amigo Marcos, apenas bandidagem barata.

– Ainda assim perigosa. E ele sabe demais sobre todos nós. E tem um ódio especial por mim e por Julie.

– Eu? Mas cheguei agora!

– Mas você desequilibra. Seu talento é grande, apesar de imaturo. E sua herança celta o irrita. Como quase todos os mestres eram europeus à época do combate dele com o círculo, muitos deviam ser de origem celta. E ele lembra de todos, um por um.

– O que fazemos agora? – diz Julie, quase branca.

– O tempo está acabando – responde Marcos –, devemos voltar ao círculo.

Capítulo 20

Prepararam-se todos até o fim da tarde. O café foi deixado aos cuidados da auxiliar, Roberta. Carlos foi à delegacia para instruir os policiais de plantão. Julie descansou, enquanto Anna e Marcos preparavam o ambiente para a meditação. Eram sete horas quando todos se reuniram na sala da pousada.

– Todos prontos? Mas antes algumas explicações, principalmente para Julie. Iremos nos reunir com quase todos os membros do círculo, não apenas os mestres. Por isso iremos trabalhar em um nível de frequência um pouco mais baixa que o da primeira vez. Nem todos os membros conseguem acessar aquele nível. Vocês terão percepções diferentes, um pouco menos abstratas, mas ainda assim com um simbolismo muito forte. Não se preocupem com a linguagem, estaremos nos comunicando diretamente por meio de ideias. As palavras só existem dentro de nossas mentes, para conseguirmos interpretar o que vemos de maneira coerente. Aliás, tudo ocorrerá em nossas mentes. Julie, qualquer dúvida, pergunte-me. Sempre que necessário, siga sua intuição. Lembre que seu conhecimento é muito maior do que você percebe no nível consciente. Dúvidas?

Nenhuma dúvida. Trancam as portas e janelas, apagam as luzes. Sentam-se no chão de um dos quartos do andar de cima, em círculo, à distância de um metro um do outro. No centro, uma pequena vela, apenas para auxiliar na concentração. Em um dos cantos do quarto queima um incenso com forte odor de rosas.

Marcos dirige o ato. Com voz baixa e segura, coordena a respiração e a concentração de todos. Como da primeira vez, o ritmo respiratório vai se tornando cada vez mais lento e suave, o corpo relaxando, a mente se liberando do estado nervoso da vigília diária.

Julie ouve uma pequena nota musical. Um som agudo parecido com uma flauta. O som mantém o tom, mas sua intensidade oscila, aumentando e diminuindo lentamente. Ela se deixa oscilar também, a consciência ligada à música...

Anna percebe uma esfera luminosa à sua frente, à altura dos olhos. A esfera cintila, indo do amarelo solar ao azul profundo. Cada transição leva alguns segundos, e depois retorna à cor inicial. Ela sente sua mente vibrar de acordo com a dança das cores...

Carlos sente o corpo gelado. Sua temperatura parece estar quase perto de zero, mas ele não treme. Do coração, parte uma onda de calor que vai circulando o peito, como uma espiral, a cada volta maior, crescendo em direção aos pés e à cabeça...

Depois de algum tempo, Julie percebe que não está mais no quarto. Abre os olhos, ou acha que abre os olhos, e se vê em meio à escuridão. Seus amigos estão consigo, e ainda a vela, ou a imagem da vela, está em meio aos quatro, mas ela não consegue divisar mais nada além do escuro absoluto. Vê cada um abrindo os olhos, demonstrando estarem conscientes da transição. Percebe que a luz da vela reflete diferente neles. Um brilho metálico vem de cada um, especialmente dos olhos. Por um momento Julie se pergunta se não é a vela apenas uma imagem que reflete a luz deles.

Uma luminosidade tênue surge, circundando os quatro, girando cada vez mais rápido, com intensidade crescente.

– Marcos – sussurra Julie –, o que...
– Calma, diz ele no mesmo tom. Nossas mentes estão se adequando.

Marcos diz isso e o giro da luminosidade para. Lentamente Julie percebe imagens se definindo em meio à bruma. A primeira aparece à sua frente, um triângulo vermelho, mas o lado de baixo é a metade do que deveria, só encostando em um dos lados. À sua esquerda forma-se algo parecido com uma letra ou palavra árabe. Um ideograma chinês vem logo em seguida. Seguem-se formas geométricas, outros ideogramas, letras que parecem russas, gregas, formas abstratas, sempre compondo um círculo ao redor dos quatro. Surge então outro símbolo, que parece dois arcos paralelos que se cruzam com outros dois arcos. Esse símbolo se aproxima, exalando poder. Ela sabe que é aquele que Marcos chamou de "professor".

– VENHAM!

A ordem ecoa dentro da cabeça de Julie. Não há como resistir. Os quatro se afastam em direções opostas, enquanto pensamentos voam por dentro dela: quando estão a cinco metros uns dos outros, – "será que existe distância aqui?", é como se cruzassem uma cortina. No lugar de cada um deles, vê-se agora um símbolo vermelho luminoso. Anna é um quadrado de seis linhas paralelas, algumas interrompidas, "I-ching"; Carlos é uma figura que lembra o símbolo zodiacal do planeta Marte; Marcos parece um pássaro estilizado, como um totem indígena. A própria Julie sente-se representada por Wunjo, uma runa viking que ela lembra de ter visto apenas uma vez na vida, mas que, no entanto, reconhece e sabe o significado.

Subtamente, Julie vê a imagem do homem grande e moreno que deve ser o inimigo. Ele a observa, sentado em uma poltrona branca. Assustada, surpreende-se mais ainda ao perceber que fala com ele. Só então se dá conta de que está vendo a discussão no barco sob o ponto de vista de Marcos. Fica furiosa quando escuta ser chamada de "cadelinha" e logo depois orgulhosa quando Marcos faz o comentário sobre quem derrotou o elemental. Em seguida a cena muda, ela revê a cena de acordo com o ângulo e as percepções de Carlos. Assusta-se quando vê o poder que rodeia o inimigo, quando sente a crueldade que emana dele.

Do totem do pássaro, ela sente partir um sentimento de dúvida. Em uma mudança vertiginosa então, ela vê a ilha, à noite, de longe. Acima dela está um vórtice, como um imenso ralo, rodeado por uma nuvem luminosa. Ela sabe que é a janela Akashi, dali a duas noites.

Ela vê o inimigo com um objeto nas mãos, ajoelhado, em um ritual de concentração. O vórtice desce até a terra, como um tornado luminoso, alcançando o inimigo. Então ela vê a si e a seus três amigos surgindo, acima do inimigo, atacando-o, cortando seu vínculo com a janela. Ao mesmo tempo sabe que não estão ali, mas sim em um barco em alto-mar. O inimigo cai ao chão, vencido.

De novo, o sentimento de dúvida vindo do totem.

Agora Julie enxergava a mesma cena, mas no lugar dos quatro, veem-se todos os símbolos ali reunidos, atacando o inimigo. Uma batalha terrível. Apesar de mais poderosos, não é possível coordenar o ataque de todos ao mesmo tempo. O inimigo, protegido em uma posição de defesa, resiste. A batalha cresce. Muitos mestres morrem, outros são completamente destruídos. A energia aumenta exponencialmente, se acumula. Ondas de poder ecoam pela Linha do Dragão ao redor da ilha. Essa Linha sobe por toda a costa do Brasil. Em todas as capitais dos estados litorâneos, dezenas de milhares de pessoas morrem. No mesmo instante, outros milhares enlouquecem. Muitos mais ficam ensandecidos pelos terríveis eventos, aparentemente sem razão. A Linha do Dragão sai pela ponta leste do continente sul-americano. Passa pela ilha oceânica de Fernando de Noronha, salta para a Dorsal Atlântica, a cadeia de montanhas submarinas que fica no meio do oceano, daí para as ilhas Canárias e atinge a rede de linhas de força da Europa. O mesmo efeito devastador repercute em Paris, Roma, Londres, Frankfurt e em várias outras capitais e cidades menores, até São Petersburgo, na Rússia. Em menor intensidade, o efeito atinge as redes de força dos outros continentes. Mesmo assim, povos que, por sua cultura, são naturalmente mais sensíveis acusam duramente o golpe. A Índia e a Ásia budista sofrem tanto quanto a Europa. Chamas. O mundo se vê perdido em meio ao caos.

As imagens cessam. Durante instantes, veem-se apenas os símbolos luminosos, flutuando em meio à escuridão.

Julie sente um "puxão" e vai novamente ao centro do círculo. Ela observa outros símbolos fazendo o mesmo. Então se vê novamente reunida com seus três amigos, com suas identidades normais. Marcos faz uma pequena reverência e se despede dos demais. A imagem fica indistinta e Julie se percebe novamente na pousada, com os outros...

– Merda! – grita Carlos. – Cara, onde fomos nos meter! Você viu o tamanho da encrenca?

– Vi, Carlão – responde Marcos, desanimado –, vi. Parece que sobrou pra gente. Se o círculo completo entrar em combate direto, vai ser pior que da outra vez. Teremos de agir de maneira independente, coordenando nossos próprios talentos.

– Mas o sujeito é muito mais poderoso que nós quatro juntos!

– Por isso teremos de surpreendê-lo no momento em que estiver ocupado com o ritual. Ele estará desatento, sem equilíbrio. Teremos uma única chance.

– Bosta de chance! Uma abelha tentando derrubar um tigre!

– É a melhor. Se falharmos, haverá combate direto. E aí...

– Tenho uma dúvida, Marcos – disse Anna. – Sem dúvida ele é poderoso, mas vocês notaram que não há cicatrizes?

– Como?

– Você nos ensinou que só o grande "EU", o eu superior, é eterno. Que a cada nova encarnação, nós criamos o "eu" menor com novos campos ou "corpos" astral e mental inferiores para agir temporalmente, só com o conhecimento e as capacidades necessárias para essa vida, certo? Mas o inimigo manifesta as memórias e capacidades recuperadas das últimas vidas, correto? Afinal, ele disse que manteve a memória todos esses anos. Então, se ele manteve a memória durante todo esse tempo, pode até ter mudado o corpo físico, mas manteve os corpos astral e mental...

– Perfeito – diz Marcos –, um tanto complicado, mas perfeito. Onde você quer chegar?

– Pelo que sabemos da batalha anterior, ele foi mastigado. Se ele ainda usa os corpos antigos, deveria haver algum sinal disso. Mas não há! Ele está zerinho, perfeito. Vimos isso por meio da percepção de Carlos.

– Não sei, Anninha. Naquela época, usavam-se as técnicas tradicionais, mas elas não eram bem compreendidas. Só conseguimos entender racionalmente o que fazemos nos últimos dois séculos. Ainda há muito que aprender. Talvez ele tenha técnicas que ainda não conheçamos.

– Que beleza – resmunga Carlos, cínico –, ele ainda pode ser mais poderoso do que imaginamos. E agora?

– Agora, sem choro nem vela. Vamos preparar o ataque. Temos 48 horas.

Capítulo 21

Acordaram todos às oito horas da manhã. Marcos insistiu que todos deveriam dormir o melhor possível. A batalha final seria travada através da mente, portanto era fundamental que todos estivessem bem dispostos. Ninguém quis assumir, mas dormir aquela noite não foi uma tarefa fácil. Julie estava se sentindo no olho de um furacão que jamais imaginou existir. E se os outros eram mais experientes, também tinham uma noção maior do perigo que estavam correndo. Logo que levantou, Marcos ligou para Roberta e as outras auxiliares do restaurante, dispensando-as do serviço nos próximos três dias. O motivo alegado era de um defeito na rede elétrica que impossibilitaria o trabalho. Preparou também uma placa, para ser afixada na porta do restaurante. Decididamente, não queria nenhum tipo de distração naqueles dias. Ele desceu para tomar o café na cozinha, onde encontrou os outros:

– Bom dia. Conseguiram dormir?
– Tentamos – diz Anna –, estávamos discutindo o que fazer. Sugestões?
– Anna, sugiro seguirmos as instruções à risca. Como vocês viram na projeção, o ideal é que estivéssemos fisicamente fora da ilha durante a confusão. A ideia do barco é boa por vários motivos. Principalmente porque acredito que os capangas de Yurgen estarão com ele durante o ritual. Mas, se vencermos, talvez eles pensem em se vingar em nossos corpos físicos. Como não sabemos quanto tempo levaremos para nos recuperar, é bom que estejamos fora de seu alcance.

— Podemos pegar minha lancha – diz Carlos – e seguir para o saco do sombrio.

— Onde é isso? – pergunta Julie.

— Próximo à praia da Caveira, Julie. O lugar é perfeito. É uma pequena baía, tão fechada que quem passa ao largo não vê lá dentro. Desde o século XVI o local é usado por piratas que atacavam São Sebastião e Santos.

— Certo, Carlos, com a ideia do sombrio. Mas precisamos de outro barco. Sua lancha é aberta. A janela deve provocar um temporal ao redor de toda a ilha. A chuva tiraria nossa concentração, e talvez o mar fique revolto. Precisamos de um barco fechado e ao mesmo tempo espaçoso. Tenho um amigo de São Paulo que tem um veleiro novo, ancorado no canal. Ele ainda não terminou o barco, portanto não existem móveis ou estruturas internas. Mas precisamos revesti-lo com uma camada de borracha grossa, caso haja algum tipo de repercussão –, diz isso e olha para Julie, que tem a famosa cara de "Não entendi". — Quando existe algum tipo de luta em outros níveis, Julie, parte da energia pode "escapar" para o nível físico. Em um combate mental com Yurgen, por exemplo, se ele lançar seu corpo mental à distância, existe a possibilidade de seu corpo físico realmente ser arremessado aqui, no plano material. Ou de um ferimento no plano astral gerar uma marca no plano físico, entendeu?

— É por isso que eu senti o peso do gato aquele dia? E porque o corpo de Charlotte voou para fora quase 20 metros do círculo de proteção?

— Exato. Se você já ouviu falar de um fenômeno parapsicológico chamado *poltergeist*, é isso. Repercussão física de um ataque mental.

— Fim de aula – interrompe Carlos, impaciente –, o que fazemos então?

— Vou ligar para meu amigo em São Paulo. Vou dizer que tenho um especialista em interiores que vai fazer um orçamento para terminar o barco. Carlos pode ir para São Sebastião comprar a borracha. A loja do Andrade deve ter uns rolos grandes de 20 metros que vão nos servir. Compre também aquela fita adesiva especial para remendos, vai ajudar. Anna, converse com Julie. Não tivemos tempo para prepará-la para um desafio desse tamanho. Reveja tudo que ela aprendeu, tire dúvidas, etc. Na hora não poderemos discutir conceitos ou táticas. Fiquem sempre juntas. Não me agrada deixar vocês agora, mas voltaremos o mais cedo possível.

– Somos grandinhas, querido. Vão tranquilos que farei uma bela revisão com nossa portuguesinha.

– Mãos à obra, então!

Marcos foi à sua suíte para pegar a carteira e as chaves do jipe, mas algo o incomodava. Por segurança, decidiu arriscar uma ideia nova. Fechou novamente as janelas e sentou-se na cama, relaxando. Em virtude da presença da janela Akashi, um processo que levaria horas, e com resultados duvidosos, foi executado em poucos minutos. Marcos imaginou uma barreira invisível, um sistema de alarme que circundava toda a pousada, ligada a Julie e Anna, que perceberia a passagem de qualquer pessoa que intencionasse algo de mal às duas. Arrematando sua obra, mentalizou um pequeno beija-flor, de no máximo dois centímetros, visualizando a imagem congelada do pássaro na entrada da casa. "Carregou" a imagem com um pouco de energia. Feito isso, "acelerou" de novo sua mente ao estado normal, pegou suas coisas e saiu.

Carlos iria para a balsa com o jipe, de onde seguiria para São Sebastião para comprar o material necessário. Na passagem, deixou Marcos na Barra Velha, para verificar a presença do barco, um grande veleiro oceânico novo em folha de 45 pés, aproximadamente 15 metros de comprimento. Marcos ligou para o celular do amigo, falando da presença do "especialista em interiores" que veio orçar a finalização da parte interna do barco. Com a concordância do amigo – "depois disso vou precisar mesmo achar um especialista desses" –, avisou o marinheiro responsável, também seu conhecido. Foi até o barco, desamarrou-o da poita, a boia flutuante que serve para prender a embarcação, e o levou para o píer do clube, onde seria mais fácil embarcar o grande rolo de borracha.

Por volta das 11 horas, Carlos chegou com o jipe. Marcos já havia medido o interior do veleiro e sugeriu cortarem a borracha no tamanho dos painéis a ser revestidos, para facilitar o embarque. Com a ajuda de estiletes, cortaram a borracha de cinco milímetros de espessura e colocaram os pedaços dentro da cabine. Depois iniciaram o trabalho de fixá-la com o uso de fita adesiva especial, tomando o cuidado de cobrir quinas, rebarbas e parafusos aparentes que pudessem ferir alguém. Também tiveram de abastecer o motor. Velejando, levariam cinco horas para posicionar o barco na parte de trás da ilha, onde ficava o saco do sombrio. Usando o motor, levariam apenas duas horas e meia. E além da distância estavam contando com a provável tempestade, que impossibilitaria o uso de velas tão próximo ao continente. Seria ridículo vencer o maior desafio de suas vidas para em seguida virarem mais um dos naufrágios da ilha. Também tiveram de conseguir mais cabos e pelo menos três âncoras, para poderem se fixar com segurança no fundo do mar durante a tempestade. Com isso o tempo correu, e logo eram quase oito horas da noite. Um vento frio começava a ganhar intensidade.

Enquanto isso, Anna e Julie conversaram. Muito. O dia todo. Era impressionante a velocidade com que Julie aprendia, mas ela precisaria de meses para incorporar todo aquele conhecimento. Infelizmente, era o melhor que podiam fazer.

Um furgão azul-marinho parou na rua atrás da pousada. Era uma rua de terra, com poucas casas de veraneio, todas vazias. Dele desceu primeiro o motorista. Era o tripulante mais velho do veleiro norueguês, o que lembrava um viking. Do outro lado saiu o halterofilista tatuado, que abriu a porta lateral, de onde saíram o loiro magro e as mulheres do barco.

O loiro deixou todos para trás e deu a volta no quarteirão. Colocou-se embaixo da janela da sala da pousada onde ficou alguns minutos, até certificar-se de só ouvir as vozes das mulheres. Feito isso, retornou ao furgão, para avisar aos demais.

Momentos antes, quando se aproximou da casa, havia sentido uma pequena vertigem. Muito rápida, apenas um instante. Naquele exato momento, uma pequena forma, quase fantasmagórica, passou como uma flecha rente a seu rosto. Se ele pudesse perceber, teria visto que se tratava de um quase microscópico beija-flor. Com a velocidade característica da espécie da qual emprestou sua forma, o pequeno pássaro-fantasma cobriu o quilômetro e meio que separava a pousada do píer em menos de um minuto.

Marcos, que estava amarrando um cabo no convés do barco, sentiu algo. Levantou e virou-se. Foi atingido pelo pequeno pássaro como por uma pedra, bem no meio do peito, e caiu violentamente no chão, fazendo um grande barulho. Carlos saiu voando de dentro da cabine:

– O que é isso, Marcão, que houve? Está bem?

– As meninas – gemeu Marcos –, as meninas... pro jipe, já!

Carlos ajudou Marcos a entrar no jipe e dispararam rumo à pousada. Marcos explicou o que havia feito e ambos se preparavam para o pior possível. Carlos, por força do cargo, estava sempre armado com a pistola automática e dois pentes de balas de reserva. Marcos pegou a espingarda de caça submarina e armou o elástico, encaixando o arpão na arma.

Julie e Anna preparavam um chá para se manterem acordadas na cozinha, por isso não ouviram o homem loiro abrindo a fechadura com uma gazua ou o giro da maçaneta. Terminaram de preparar a bebida e voltavam para a sala, Julie à frente:

– Você apagou a luz, Anna?

– Não. Será que a lâmpada...

Da sombra, um violento soco acertou a têmpora de Anna. Ela foi arremessada contra um dos sofás, enquanto Julie via, estática, o homem loiro sair do escuro, entre ela e a porta da cozinha. Virou-se para correr e deu de cara com o tatuado. Com um puxão de cabelos, ele a jogou ao chão. Caída, Julie olhou para cima. Era a morena, que olhava para ela com ar superior, sorridente. Julie fez menção de gritar, mas outro violento puxão a levantou e a jogou contra a parede. Uma faca foi encostada em sua garganta. Era o loiro de novo, que se aproximou de seu rosto, sussurrando em francês:

– Ora, ora, então você é a cadelinha celta que tanto irrita nosso chefe? Não é grande coisa. Já vi prostituta barata em Paris muito mais interessante. Mas você está com sorte. O chefe a quer inteira.

E dizendo isso dá outro soco em Julie, que desmaia e é levada pelas duas mulheres para o furgão, que havia sido trazido pelo viking. Este se aproxima do loiro e pergunta, em espanhol:

– Vamos levar essa outra também?

O loiro olha para Anna. Ela está caída no chão, meio inconsciente, gemendo e tentando se levantar. Ele olha para as coxas bronzeadas que ressaltam da bermuda com cobiça. Passa a mão direita no próprio rosto, o olhar sádico já demonstra a intenção.

– Segurem essa outra.

O viking e o tatuado levantam Anna pelos braços. O loiro vai até a cozinha, volta com uma jarra cheia de água e uma faca. Joga parte da água vagarosamente na blusa de Anna, apreciando-lhe as formas que vão ressaltando da roupa molhada, e o resto violentamente em seu rosto, com desprezo. Ela acorda e olha para ele. O olhar fulminando de ódio. Ele encosta seu rosto no dela, o olhar cínico. Fala em espanhol:

– Nosso chefe mandou levar sua amiga inteira. Vai ser o brinquedinho dele. Mas não disse nada sobre você. Então você vai ser nosso brinquedinho. Que acha?

Anna quis cuspir em seu rosto, mas conteve-se. A provável violência a repugnava, era o pior pavor de uma mulher, mas ela estava concentrada em manter-se viva. Se tivesse a certeza de ser morta antes de qualquer coisa, preferiria, mas sabia que aqueles animais não perderiam a chance. Fechou os olhos e se preparou para o pior.

O loiro colocou a faca em seu pescoço, descendo lentamente na direção do decote. Virou a lâmina para fora e com um só movimento cortou a blusa e o sutiã. Anna viu-se desnuda da cintura para cima. Em meio ao nojo e ao ódio que sentia, tinha a certeza de que eles já haviam feito aquilo antes. Os homens a olhavam com os olhos vidrados. Era uma presa, que só existia para satisfazê-los. O loiro aproximou-se e lambeu seu rosto de maneira lasciva...

A porta da pousada praticamente explodiu. Não houve tempo de discutir nenhuma estratégia. Quando viu pela fresta da janela a roupa de Anna ser arrancada, Carlos enlouqueceu. Os homens atônitos soltaram Anna. O loiro tentou sacar uma arma, mas um tiro certeiro acertou-lhe o braço direito. O delegado voou como uma fera para cima do homem e, mesmo antes de tocá-lo, arrebentou-lhe a mandíbula com uma coronhada.

Ao mesmo tempo, o tatuado puxou uma faca e virou-se na direção de Marcos, mostrando os dentes, arrogante, com o peito aberto. Caçador experiente, Marcos apenas estendeu o braço e disparou o arpão quase à queima-roupa. A flecha de aço de um metro penetrou dez centímetros para dentro do ombro do tatuado e o atravessou por baixo da clavícula, literalmente o pregando à porta de madeira. O tatuado urrou de dor.

O viking viu-se entre duas opções. Enfrentar um policial nitidamente insano, armado com uma pistola automática e que continuava a surrar o pretenso violentador de sua mulher, ou enfrentar um dono de restaurante desarmado. Logicamente escolheu a segunda. Pretendia derrubar Marcos e usá-lo como refém para conter o delegado enlouquecido. Não seria difícil, afinal ele era ainda maior e mais forte que sua vítima.

Avançou como um trem e desferiu um poderoso cruzado de direita na direção do rosto de Marcos, que, para sua surpresa, esquivou-se elegantemente fazendo um pêndulo, um movimento de boxe. Na continuação do soco que acertou apenas o vazio, o viking se desequilibrou e passou por cima do corpo de Marcos, que se retorceu como um parafuso, arqueou o corpo de costas, apoiando a mão esquerda no chão, e acertou um violento chute na boca de seu oponente, que caiu sobre a mesinha de centro, espatifando-a com um estrondo.

O viking levantou-se furioso e incrédulo, a boca escorrendo sangue e dentes quebrados. Nunca tinha visto um jogo de capoeira, então não havia nem mesmo compreendido que movimento impossível tinha sido aquele. Avançou novamente para Marcos, que esquivou o corpo inteiro para a direita, girou e desferiu um violento golpe com o calcanhar na boca do estômago do gigante, que levou as mãos à barriga e se curvou. Imediatamente Marcos apoiou a mão esquerda no chão, ameaçou dar uma "estrela" e, em um movimento extremamente rápido e elástico, interrompeu-a no meio. De cabeça para baixo, apenas a perna direita não se deteve, acertando a cabeça do homem como um martelo, que desmoronou de vez.

Marcos, com raiva, olha para o lado e vê Carlos abraçado com Anna, em silêncio. O loiro está aos pedaços, desfalecido no chão. O tatuado, de pé, colado à parede, olha a cena com o olhar vidrado, apavorado. Não compreende como em poucos segundos tinha virado de caçador a caça.

– Como está, Anna? – pergunta Marcos preocupado.
– Julie – diz Anna, aos soluços, finalmente chorando –, levaram Julie...

O rosto de Marcos transforma-se, distorcido de ódio. Ele se vira devagar para o tatuado, que se encolhe, a mão esquerda tentando proteger o ombro direito ferido, preso à porta. Marcos avança e o segura pelo pescoço. Antes de ser perguntado, o tatuado começa a falar em espanhol, como uma metralhadora:

– Não me mate! Sua mulher está viva! Ela está viva! O chefe a quer para depois do ritual. Não sei por quê! Ela está viva! Não me mate! Ela está viva! Na mansão do penhasco! Eu juro!

Marcos olha para Carlos, que se levanta e caminha lentamente em direção aos dois. Ele para na frente do tatuado, que lembra uma borboleta espetada em um quadro. Olha para ele e sorri. Pega seus ombros com força e muito lentamente o puxa para a frente. O tatuado tem à frente de seu ombro, ainda, meio metro da flecha de aço, e sente cada milímetro da flecha correr dentro de si à medida que o delegado o puxa. Sua cara é de horror absoluto, olhos esbugalhados. A dor é tanta que ele abre a boca, mas não consegue gritar. Quando a flecha finalmente sai pelas costas, ele expira e desmaia.

– Doeu em mim – diz Marcos, cara de alívio.

– Fui bonzinho – responde Carlos –, ainda estão vivos.

– Ele também? – Marcos aponta o loiro.

– Sim. Vou fazer questão de prendê-lo. Você já ouviu falar do código de honra da cadeia e sabe o que os presos fazem com violentadores.

– Vamos amarrá-los. Temos de buscar Julie.

– Tenho quatro policiais no plantão.

– Não adianta. Não são bandidos normais. Seus homens não saberiam lidar com eles e você sabe disso. Mas eles podem levar esses aqui.

– Fechado.

Depois de chamar os policiais de plantão pelo rádio, Carlos, Marcos e Anna saem da pousada. Ao abrir a porta são surpreendidos por uma rajada de vento furiosa e glacial.

– O que é isso? – pergunta Anna, assustada.

– Meu Deus! – exclama Marcos. – Olhem o céu.

A princípio o casal não entende. Há uma tremenda tempestade se formando, mas...

Alterando ligeiramente sua percepção, Carlos e Anna também veem. O efeito é tão forte que é quase percebido pela visão normal. Uma nuvem enorme cobre a ilha. Do centro da nuvem, algo parecido com um tornado, iluminado por raios fantasmagóricos, começa a se formar e descer em direção à terra.

– Começou – murmura Marcos, lívido –, um dia antes do esperado. Faltam minutos para completar a janela Akashi...

– ... perdemos. É o fim.

Capítulo 22

Julie começa a recobrar a consciência enquanto é retirada do furgão. As duas mulheres haviam estacionado sobre a grama. Tiram-na pela porta traseira, cada uma segurando por baixo de um ombro. Carregam-na, os pés caídos se arrastando pela grama. Entram pela porta principal da casa. Alguém as espera na sala. Julie ouve uma voz de homem perguntando em espanhol pelos demais. A resposta é que eles chegariam em breve, logo depois do "divertimento". Algo é dito pela voz masculina em tom de repreensão, mas Julie está ainda muito zonza para compreender tudo. Finalmente ela é deixada em um quarto, sobre uma cama de solteiro. Ouve a porta fechando. Tem as mãos amarradas à frente do corpo e uma venda sobre os olhos. Sentindo-se sozinha, senta-se sobre a cama e puxa a venda para cima.

– Você!

Julie solta a palavra com um fiapo de voz, ao perceber a presença do homem ao lado da cama. Ele está em pé, segurando as mãos atrás de si, confiante. Julie imediatamente reconhece o homem que havia visto apenas nas projeções de memória de seus amigos.

– Yurgen – murmura, assustada.
– Bem-vinda! – o homem se agacha até ficar com os olhos na altura dos dela. – Sabe quem sou? É uma honra! Então foi você quem, segundo seu mestre, "botou no meu rabo". Adorei essa expressão refinada – diz, zombeteiro.

– Por que estou aqui?

– Simples. Não cometo o mesmo erro duas vezes, mesmo no espaço de mil anos. Não vou subestimá-los. A janela foi invocada quatro horas atrás. Está quase completa. Adiantando um dia perco um pouco do poder armazenado, talvez cinco, dez por cento. Mas pego vocês desprevenidos. Mantendo você cativa, fragmento a unidade de seu grupo, quebrando sua força. Seus amigos, em especial seu amante, vão ficar perdidos, completamente desorientados quando souberem que está comigo. E depois de meu renascimento, terei poder suficiente para fazer o que quiser com você. Pretendo usar seu corpo delicado para aquecer minha cama e seu poder como arma ao meu dispor. Sempre mantenho um mago para sujar as mãos em meu lugar quando o assunto não exige minha atenção pessoal. E você destruiu o último a meu serviço. Irá assumir seu lugar.

– Eu não trabalho pra você nem morta, desgraçado!

Ele aproxima ainda mais seu rosto do dela, e sussurra:

– Quando eu puder dedicar meu tempo a você, você vai implorar pela morte. E não a terá. Só vou matar seu espírito. Sua degradação será tanta que você não terá nenhum sentimento, nenhuma emoção ou pensamento que não sejam permitidos por mim. Vai chorar para beijar meus pés...

Julie não consegue responder. Seu coração está gelado. Ela está na frente do homem que matou milhares de seu próprio povo. Que destruiu e se alimentou do poder e da alma de inúmeros e poderosos mestres ao redor do mundo. Ela não é nada perto dele. Sua garganta aperta. O choro sobe, mas ela impede. Não quer dar a esse monstro o prazer de vê-la se entregar.

– Nós nos vemos pela manhã. Durma. Amanhã o mundo será outro.

A casa do juiz ficava a oito quilômetros da vila principal. Marcos, Carlos e Anna estão na estrada sinuosa que circunda a ilha, indo o mais rápido possível com o velho jipe. O vento está cada vez mais intenso e frio.

– E agora, o que fazemos – pergunta Carlos –, todos os nossos planos foram por água abaixo.

– Não acredito que possamos impedi-lo de acessar o poder. Precisávamos do elemento surpresa para isso. Teremos de ir por partes. Primeiro resgatar Julie. Se ele a pegou, tem motivo. A ideia de vencê-lo definitivamente nem passa mais por minha cabeça. Se tivermos muita sorte, o impedimos de finalizar o ritual, o que atrasará sua ameaça por alguns anos, até uma nova janela ser possível. Se acontecer um milagre, nós o matamos. Aí atrasaremos a ameaça por algumas décadas, até ele se recuperar.

– Acha que saímos vivos dessa? – pergunta Anna.

– Todos nós? – pergunta Marcos, em tom amargo. – Sinceramente, não.

Marcos estacionou o jipe no fim da estrada, a um quilômetro da casa, que podia ser vista àquela distância, em uma descida, com o binóculo:

– A casa está silenciosa – diz Marcos. – Também, seus ajudantes estão no hospital ou na cadeia.

– Devem estar as duas mulheres e talvez o marinheiro.

– É o suficiente, Carlos. Conheço bem essa casa, eu era amigo do filho do juiz. Há um muro de pedra de 2,5 metros de altura por todos os lados, menos do lado do penhasco, que não pode ser escalado. Duas pessoas no andar de cima, bem armadas, podem cobrir todo o muro. Uma terceira pessoa vigiando Julie, e estamos de mãos amarradas. Ele tem todo o tempo do mundo.

– Além disso o muro é muito iluminado – diz Anna.

– Se bem me lembro, a casa tem um gerador, mas só para a parte de dentro – diz Marcos, observando os postes de madeira que levam a linha elétrica até a casa. – Podemos diminuir a vantagem deles.

Dizendo isso, Marcos volta para o jipe. Dá a partida e uma marcha à ré de 50 metros. Antes que alguém diga qualquer coisa, afivela o cinto de segurança e acelera o carro ao máximo, ao encontro do poste mais próximo. O som do impacto é ensurdecedor, mas é disfarçado pelos estrondos dos trovões que anunciam a tempestade iminente. O jipe para praticamente em cima do poste, que cai ao chão. Todos os fios se rompem, a parte energizada soltando faíscas e chicoteando no meio do mato que corre paralelamente à estrada.

Anna e Carlos correm até o carro e tiram o amigo de lá, gemendo, completamente atordoado. Carlos está furioso:

— Seu retardado, idiota, cretino! Quer facilitar o trabalho dele, vá lá e toque a campainha.

— Vá à merda, Carlos! — Marcos está com um corte na testa e manca. — Não temos tempo para pensar, o negócio é improvisar, usar a intuição. Olhe a casa.

O muro está às escuras. Os holofotes que iluminam o jardim interno também. Apenas os faróis do furgão estão acessos e uma única lâmpada na porta principal. A luz de uma lanterna surge de uma janela do segundo andar, varrendo o gramado. As luzes da casa são apagadas, uma a uma.

— Filho da mãe, você acertou! E agora?

— Agora já sabem que estamos aqui. Mas lembrem-se, não são bandidos comuns. Esperem qualquer coisa. Balas são o que menos importa aqui. Falando nisso, Anna, pegue — e joga para ela a arma que era do homem loiro.

— Eu não sei usar isso, sou médica, não policial.

Desarmada você não entra. E todos nós precisamos entrar. Carlos, está preparado?

— Só usei uma bala naqueles canalhas. Tenho quase três pentes cheios.

— Sei — Marcos faz uma pequena pausa. — Não gaste as últimas quatro balas.

— Por quê?

— Se der tudo errado... não quero nenhum de nós vivo nas mãos daquele animal.

Carlos e Anna se olham. Ele concorda com a cabeça, em silêncio. Eles se aproximam pelo mato que margeia a trilha estreita e esburacada. Quando estão a 300 metros do muro, Carlos para e se curva, até ajoelhar no chão.

— O que foi, querido? — pergunta Anna preocupada.

— Não sei. Não consigo respirar. Estou sufocando.

Anna começa a se sentir mal também. Ela estreita os olhos e percebe algo errado. Deveria haver um brilho tênue, azul, envolvendo todas as árvores e plantas, até mesmo vindo do mar. No lugar disso, o que ela percebe é uma névoa ocre, entre marrom e vermelha.

– Marcos!

– Já vi!

A névoa adere a seus corpos, como um visgo. Parece entrar por cada poro da pele, pelos olhos, boca e garganta. O odor de putrefação é insuportável. Marcos vomita e, ao tentar tomar ar, sente-se pior ainda. É o próprio ar que ele inala profundamente que está envenenado. Ele sente a tontura e percebe o desmaio próximo:

– Aqui, rápido!

Anna e Carlos se aproximam e, ajoelhados, quase desfalecidos, os três se dão as mãos ao centro. Instintivamente eles invocam uma força de proteção. Uma membrana azul brilhante surge das seis mãos unidas e rapidamente cobre seus corpos, impedindo o contato do visgo com a pele e filtrando o ar inalado.

– DEUS! – exclama Anna, aliviada. – O que é isso?

– Prana – responde Marcos –, ou devia ser. Não me pergunte como, mas ele envenenou, transmutou todo o prana ao redor da casa.

– Isso é impossível!

– Devia ser, querida, devia ser. Se os homens da delegacia tivessem vindo, estariam mortos agora.

– Isso diminui ainda mais nossas chances – diz Carlos –, estamos isolados do resto da ilha, do resto do mundo. É nossa força contra a dele.

Marcos olhou seu amigo nos olhos:

– ELE...VAI...COMETER...UM ERRO! Escute, há um terraço no terceiro andar, virado para o mar. Yurgen deve estar lá. Tenho a faca que tirei do tatuado. Julie deve estar nos quartos do segundo andar. Ela é sua. Leve Anna. De nós é que tem melhor percepção. Vou pelo lado.

Eles continuam se aproximando até encostar no muro. Há uma cerca elétrica no alto, mas está desativada. Eles se separam. Carlos ajuda Anna a escalar a parede e ela salta do outro lado. Marcos dá a volta por fora. Ele olha para o céu e observa a janela Akashi. O vórtice já devia ter chegado ao chão. Não entendia por que isso ainda não tinha ocorrido. Mas isso era bom. Dava uma chance a eles.

Dentro da casa, no quarto fechado, Julie Paget, uma jovem jornalista francesa que nunca havia pensado em magia até poucos dias atrás, se encontrava em transe absoluto, unida ao vórtice. Intuitivamente, ela era a única força que impedia a finalização da janela. A única força que impedia um massacre de proporções inimagináveis.

O inimigo estava intrigado. Não compreendia a dificuldade em completar o ritual. Sentado em frente a uma pira redonda em chamas, no terraço protegido pelas paredes laterais que evitavam o vento, ele se concentrava na espada que segurava com as duas mãos, os braços estendidos à altura do rosto. Aquela espada era o único objeto que ele tinha certeza de ter pertencido a si em sua última encarnação antes da perda de suas capacidades. Deveria servir como antena para identificar seu poder. Gotas de suor brotavam de seu rosto.

Assim que Carlos saltou o muro, correu para o lado de Anna. Imediatamente tiros ressoaram, os ricochetes exatamente onde ele havia caído.

– Eles nos viram – sussurra Anna.

– Devem ter sido os relâmpagos, quando saltei sobre o muro. Atiraram onde caí, não devem estar nos vendo.

– Então vamos tirar proveito disso.

Anna fala e imediatamente entra em um estado de percepção que, dos três, só ela alcança. É como se seu tato se desprendesse e se alastrasse por todo o ambiente à sua volta. Ela passa a sentir cada objeto, cada textura, cada movimento, do ponto em que estão, passando pelos 20 metros que os separam da casa até dentro desta.

– Veja, Carlos – sussurra –, cinco janelas em cima, quase todas abertas, dois janelões embaixo, fechados, dos lados da porta. Há duas mulheres juntas, na primeira janela de cima à esquerda. Um homem na janela do meio. Todos armados. Julie está na quarta janela, a única fechada. Não entendo, ela está estática. Está sentada, mas não se move. Um homem no terraço, como Marcos disse.

– Acerte as mulheres.

Anna apontou a arma para a janela. Respirou fundo. Abaixou a arma. Apontou de novo. As mãos começaram a tremer. Uma lágrima escorreu por seu rosto. Respirou...

— Sinto, não posso. Não dá. Eu...

— Shh. Eu sei. Desculpe. Em que canto elas estão?

— Uma de cada lado, protegidas pelas paredes.

— Me avise qual delas se prepara para atirar. Diga apenas direita ou esquerda, certo?

Anna concorda com a cabeça. Carlos dispara duas vezes na janela do meio, onde está o homem. Os vidros se quebram.

— Direita!

Carlos dispara de novo, dessa vez no lado direito da janela onde estão as mulheres. Descarrega meio pente.

— Acertou! Uma delas caiu. Braço direito. A outra está ajudando. Está puxando a atingida para baixo... estão indo pela cozinha, vão fugir!

— Ótimo. Aconteça o que acontecer, deixe que fujam. Os profissionais, já pegamos todos. Devem estar apavoradas. Acho as mulheres depois. O homem ainda está lá?

— Não. Desceu. Foi atrás delas e agora está vigiando a escada.

— Ótimo, temos apenas de afastá-lo do terraço. E Marcos?

— Aproveitou a confusão e escalou o beiral até a última janela! Entrou!

— Menino esperto! Devia entrar para a polícia...

Um pouco antes, Marcos havia saltado o muro e se escondido atrás de uma das árvores. A parte de trás da casa não tinha grandes janelas, só vitrais e pequenas janelas de serviço, por onde não passaria. Com certeza as portas não estariam abertas. Tinha de esperar o próximo passo, que não tinha a menor ideia de qual seria.

Carlos começa a atirar na janela do centro, logo depois na janela da esquerda.

Marcos tem de entrar na última da direita. Corre para ela rezando para que esteja vazia, ou levará um tiro na cara. Apoia o pé no beiral do janelão de baixo, salta, agarra o beiral da janela de cima e o escala. Entra pela janela. Vazia. Abre a porta do quarto com cuidado. Um corredor com sete portas e na outra ponta dois lances de escada, um descendo ao térreo, outro subindo para o terraço. Ouve uma espécie de discussão no andar de baixo, vozes masculinas e femininas. Tira a faca da cintura e prepara-se para correr até a escada que leva para o terraço. No entanto, a primeira porta à sua esquerda chama sua atenção. Num impulso a abre. Julie! Ela está de frente para Marcos, mas o ignora.

– Julie! – sussurra enquanto a sacode vigorosamente. – Julie!

Ela sai do transe lentamente e olha para ele, sem nada dizer. Súbito, arregala os olhos:

– NÃO!

Todos, na casa e fora dela, sentem o pulso elétrico que corre por seus corpos. Anna imediatamente cai, inconsciente. Carlos ainda tenta avançar na direção da casa, mas uma dor insuportável o ataca, ele se dobra e também desmaia. O marinheiro e as duas mulheres saem correndo pela porta da cozinha. Indo contra as instruções, abrem o portão principal e saem correndo pela estrada. Cinquenta metros depois, a morena é a primeira a perceber algo errado. Em seu desespero, eles tentam atravessar correndo a área envenenada. Não vão conseguir.

No interior da casa, Marcos perde qualquer noção de espaço e cai. Bate a cabeça na cabeceira da cama em que estava Julie e o corte da cabeça volta a sangrar. Julie entra em pânico. Ela grita, enlouquecida, quase sem tomar fôlego. Por seus olhos passam as piores imagens que ela viu em sua vida. Guerras horrendas em que milhares de homens quase selvagens se diláceram usando espadas, pedaços de pau, foices e até as próprias mãos. Assassinatos a sangue-frio. Torturas. Ataques traiçoeiros. Fogo. Dor. Morte. Sombras que nascem dentro de um coração negro e dele se alimentam. O frio. O ódio. O mal. A essência do inimigo.

Marcos se levanta, cambaleando. Ainda atinge uma parede mais uma vez com a cabeça. Pega a faca no chão e sai do quarto. Não enxerga praticamente nada. Guia-se exclusivamente pela corrente de terror que atravessa no contrafluxo. Vê o mesmo que Julie. Compreende seu terror. Sobe as escadas e vê o inimigo...

Ele está de pé, na frente da pira em chamas. Ainda segura a espada com as duas mãos à altura do rosto e grita, de júbilo, de prazer. Sente o poder e o reclama. Está apartado da realidade desde que retomou o ritual.

Usou todas as suas forças para completá-lo. Quando Julie saiu do transe, cessou a única resistência que havia para a conclusão do vórtice. O poder gira a seu redor. É visível. É tangível. O ódio de fogo vermelho o envolve, o acaricia, o reclama. As sombras se entremeiam ao fogo, completando, atiçando.

Marcos está apavorado. Sabe que vai morrer. Além disso, sabe que será destruído. Mais que a morte, a não existência. O único verdadeiro fim. Ele pensa em Julie, e salta sobre o inimigo.

Quando atravessa o poder, a dor é inacreditável, como se os músculos estivessem descolando dos ossos. Mesmo assim ele atinge o inimigo. Com a dor do impacto o transe se quebra e Marcos é percebido pela primeira vez. O inimigo se enfurece com a ousadia, o desrespeito e ataca com violência. Quer embeber a espada com o sangue de seu adversário, como fizera muitas vezes antes. Por pouco o fio da espada não atinge o pescoço de Marcos, que salta para trás. Ele se abaixa e agarra uma barra de ferro que devia estar ali para mexer o fogo da pira. Defende-se como pode do ataque brutal. Ao mesmo tempo que acua Marcos com a espada, o inimigo usa pela primeira vez seu poder em séculos. O fogo que o rodeia ataca Marcos, que se vê cercado por todos os lados. Uma rajada de chamas atinge seu peito em cheio, abrindo instantaneamente enormes bolhas. Ele sabe que o cheiro de carne queimada que sente vem de si próprio. Enlouquecido de dor e desespero, salta de novo sobre o inimigo, que deixa a espada cair. Suas mãos se encontram e eles empurram um ao outro, em equilíbrio precário. Os relâmpagos da tempestade misturam-se àqueles que emanam do combate. Um pulso de energia percorre toda a ilha. Janelas de casas e automóveis explodem, lâmpadas se queimam, motores entram em curto. Por todos os lugares pessoas passam mal: vertigens, vômitos, dores de cabeça inexplicáveis, desmaios.

Marcos e o inimigo se olham nos olhos. Não se sabe agora de quem vem o maior ódio, quem gera a maior fúria. Vasos sanguíneos se rompem e ambos começam a suar sangue. Ambos sentem a pele queimar. Os músculos estão retesados, mas ainda em equilíbrio. Mais do que força física, são suas forças de vontade que estão em disputa. A dor é brutal. A tensão, insuportável. O poder à sua volta ainda cresce, exponencialmente. De repente um relâmpago explode deles, com um estrondo que é ouvido em toda a ilha, até mesmo no continente...

O vento cessa. Os relâmpagos param. Qualquer vestígio do poder se vai.

Julie para aliviada, exausta. Há apenas silêncio em sua mente. Ela se lembra de Marcos e sobe as escadas, o mais rápido que pode.

Quando chega ao terraço, ela vê Marcos em pé, ferido, sangrando. Aos seus pés, o corpo do inimigo. Ela corre em sua direção:

– MARCOS!

Depois de dois passos Julie sofre uma violenta vertigem e cai. A realidade sofre um espasmo e ao seu redor e de Marcos surge apenas uma total escuridão. Ele está de pé, sem notá-la. Repentinamente, surge o círculo, todos os mestres, todos os símbolos. Eles surgem ao redor dos dois, furiosos, brilhando em vermelho aterrorizante, girando como em uma dança de guerra. Julie não compreende o que está acontecendo: "o que é isso?", "não é possível, acabou", "tem que ter acabado". Marcos continua de pé, em silêncio, em uma atitude de desafio. Os símbolos param de girar. O brilho diminui. Eles partem. A realidade volta ao normal.

Estão de novo no terraço. Julie levanta-se e corre na direção de Marcos, abraçando-o:

– Meu Deus! Acabou? E isso agora, não entendi o que houve no final. O que eles queriam? Por que vieram? Por que estavam tão furiosos?

Marcos olha nos olhos de Julie. Acaricia seu rosto.

– Simples, Julie. Eles estavam furiosos por minha causa. Eu sou o inimigo. Eu sou Yurgen.

Capítulo 23

Ela acordou lentamente. De olhos fechados, sentia o corpo absurdamente pesado. Um gosto amargo na boca seca, cada músculo reclamando ao movimento.

Abriu os olhos. Sentou-se. Massageava as pernas na tentativa de sentir-se melhor. Totalmente zonza, não conseguia compreender o que tinha acontecido. Estava na pousada. A janela aberta. Pela altura do sol deveriam ser por volta de dez horas da manhã. Desceu.

Anna e Carlos estavam sentados à mesa, conversando baixo. Marcos estava em pé olhando pela janela.

– O que aconteceu? – pergunta Julie.

– Olá, querida – responde Marcos –, estávamos esperando você.

– Por quê?

– Para explicar o que houve ontem.

"Eu sou o inimigo. Eu sou Yurgen." A cena voltou à mente de Julie, que empalideceu no mesmo instante. Anna levantou-se rapidamente, segurou o braço da amiga e a fez sentar na cadeira. Julie não conseguia tirar os olhos de Marcos. Não entendia a aparente calma de todos, apesar da nítida tensão do ambiente.

– Passei a noite toda tentando entender o que aconteceu, enquanto vocês dormiam. Vou tentar explicar o melhor que posso:

Foi um tempo selvagem. Um tempo de trevas, escuridão e ignorância. E violência. Conceitos como bem e mal eram desconhecidos.

Havia sobrevivência. E força. Os mais fortes sobreviviam. E não havia como estar fora disso. Como se dizia na época: ou você é a bota ou é o verme. E nesse lugar surgiu um homem atípico. Um guerreiro. Ele era muito forte. Ele queria sobreviver. Ele não seria um verme. Além de forte, e hábil na guerra, esse homem era esperto. Muito mais do que aqueles que o cercavam. Ele entendeu o valor da inteligência. E aprendeu tudo o que podia. Sabia arrancar o minério da terra, fazer sua espada, manobrar aqueles que lutassem a seu lado, vencer seus inimigos e depois oferecê-los aos deuses para garantir as próximas vitórias. Um dia, quando preparava uma dessas oferendas, conheceu um homem que se dizia conhecedor do invisível. Esse homem era uma fraude. Não tinha inteligência suficiente para entender o que ele mesmo dizia. Mas tinha memória para saber o nome de vários daqueles que compreendiam. Então o guerreiro, fascinado, empreendeu uma série de conquistas. Queria o poder do conhecimento, o poder do invisível. Por meio de ameaça e tortura, ele conseguiu.

Mas havia um grupo distante de pessoas que também seguia o invisível. Pessoas fracas, que não compreendiam a natureza do poder e do homem. Elas temiam o guerreiro. Tentaram controlá-lo. Não conseguiram. Tentaram destruí-lo, então.

Marcos falava e gesticulava, dava à narração o tom de um épico. Sorria. Os olhos brilhavam por glórias passadas:

– Nunca houve batalha como aquela! Espadas e invocações, soldados e encantos, sangue e fogo! Mas um chefe da guerra tem de saber que pode perder. E tem de se preparar para isso, por mais que lhe doa o orgulho. Preparou então um pequeno grupo de seguidores. Homens que o amavam como a um pai, que morreriam por ele! A cada um, por meio de rituais que vocês jamais aceitariam, foi dado um pouco dele. Cada um deles foi transformado em um pálido espelho da grandeza do guerreiro. Quando a batalha se virou contra o guerreiro, ele usou seu último ardil. Expulsou o poder de si, depositando-o nas esferas. Fez com que cada um de seus seguidores se julgasse não o espelho, mas o próprio guerreiro! E despiu a si mesmo de tudo que foi e teve. Abriu mão de si no presente para recuperar-se no futuro. Levou consigo apenas uma pequena chave, que o levaria a confrontá-lo consigo mesmo, para seu renascer.

– Quer dizer – interrompeu Julie –, "ele" criou cópias de si mesmo para confundir o círculo e destruiu a própria identidade?

– Isso, Julie – respondeu Marcos –, criou cópias de si, de seu pequeno "eu". Na época, isso foi feito de maneira intuitiva. É inacreditável que tenha dado certo. Foram criadas cópias perfeitas dos corpos astral e mental. As cópias pensavam e sentiam como ele. De verdade.

– Desculpe, cara – diz Carlos –, mas é "ele" ou "eu"? É assustador de nosso ponto de vista! Seus gestos, sua entonação, o tom que você usa para descrever são de duas pessoas diferentes! Não dá para entender...

– Calma. Vou chegar lá. Como disse, a ideia era enganar o círculo, enquanto o verdadeiro fugiria. Após a batalha, havia apenas um desertor sem memória ou passado. Ele fugiu para outro país, casou, criou família e morreu. E renasceu, sem memória do passado sangrento, apenas carregando no espírito a pequena chave. Mas ele tinha talento. Muito talento. E por ironia do destino, seu talento fez com que fosse escolhido e transformado em discípulo daquele que liderou sua destruição.

– O professor?!

– Sim, Julie, o professor. O resto vocês sabem. Três viagens. Aprendizado. Maestria, vocês.

– Tá bom, Marcos – diz Anna –, se é que estou falando com Marcos agora. E daí, quem é você hoje? O que é você hoje?

– Boa pergunta, Anna. Pelo menos nesse plano, terrestre, nós somos o que pensamos e o que sentimos. Desse ponto de vista, eu sou Marcos. E esse é meu drama. Imaginem se vocês acordassem um dia e descobrissem que no passado distante tivessem cometido um crime horrível, hediondo. Imaginem que hoje vocês tenham um conjunto de valores completamente diferente do que tinham naquela época. Se lá aquele ato foi aceitável, aqui lhe causa extremo remorso, culpa e vergonha. Compreendem?

Todos concordaram com a cabeça.

– Então agora imaginem essa situação multiplicada por 10 mil vezes e terão uma ideia de como estou me sentindo. É o pior castigo a que alguém poderia me condenar. Trago meu inferno pessoal dentro da minha mente.

– Mas se você não é mais Yurgen...

— Esse é o problema, Anninha. Eu sou. Se isso fosse apenas um fato intelectual, eu poderia dizer: "ótimo, não sou mais aquilo, vida nova", mas para evitar que aquele "dublê" acessasse meu poder, tive de me "recuperar" em parte. Portanto sou parte Yurgen, e isso me faz sentir totalmente culpado.

— Que loucura!

— Pois é. E ainda há alguns complicadores. Vocês não têm ideia de como era meu poder. Acessei apenas um décimo de minha antiga essência e isso me faz hoje três vezes mais forte do que era antes, semanas atrás.

— Isso quer dizer que o antigo Yurgen era 30 vezes mais poderoso que o antigo Marcos?

— Mais ou menos isso, Carlos. Por outro lado, recuperar a essência de Yurgen — vou me referir assim para não enlouquecer — me bloqueou o acesso à Primeira Inteligência. Isso quer dizer que minhas capacidades vão definhar, como uma bateria. E depois, ninguém sabe o que vai acontecer.

Silêncio total entre os presentes. O que acontece com a alma de um mago renegado pela vida? Um mago negro vampirizaria outros. E qual a saída de um mago que se recusasse a isso? Julie interrompeu o silêncio:

— E o círculo?

— Não sou mais um deles, Julie. Não sei o que ou quem sou, mas com certeza não seria bem-vindo ao círculo. Aliás, nem se eles aceitassem eu poderia fazer parte.

— E nós?

— Vocês são parte do círculo. Todos vocês têm potencial para serem grandes mestres da Arte. Sigam seu rumo merecido.

— E eu? — disse Julie.

Marcos abaixou a cabeça. Não era necessário dizer mais nada. Julie sentiu algo quebrar por dentro. Os joelhos quase cederam. O nó em sua garganta só foi contido por seu orgulho. O silêncio doía. Em todos. Carlos tentou mudar de assunto:

— Última pergunta, Marcos. Você disse que recuperou um décimo de sua essência. E o resto? Corremos o risco de alguém tentar recuperar esse poder?

– Não, Carlão. Eu o escondi de outra maneira, dessa vez. Só por segurança. O fato de esse meu "dublê" ter mantido minha identidade até hoje foi um milagre. Não pode acontecer de novo. Foram "espelhados" quatro seguidores. No máximo um desses quatro deveria ser capaz de se manifestar. Preciso pensar agora como vou tocar minha vida. O resto passou. Nunca mais. É o fim dessa história.

Capítulo 24

Epílogo

O sol ainda estava alto, às seis horas da tarde. Havia pouco movimento na balsa. Por causa do calor ainda forte, muitas pessoas saíam do carro e ficavam na amurada, observando o mar. Julie fazia o mesmo, mas não via a beleza que se mostrava à sua frente. Todo e qualquer pensamento era voltado às últimas horas.

Foi um dia muito estranho. Todos comentavam a terrível tempestade da noite anterior. Relatos de relâmpagos que destruíram postes elétricos, aparelhos e motores por toda a ilha. Dezenas de relatos de pessoas que passaram mal, em virtude de vapores venenosos vindos de tambores de produtos químicos atingidos por raios. Alguns falavam em "excesso de ozônio" ou outras bobagens. A mente coletiva da ilha ia criando suas explicações para a estranha noite.

Apenas quatro pessoas sabiam o que de fato havia ocorrido. Mas ainda assim estavam desnorteadas. "Eu sou Yurguen." O que afinal significava aquilo? Tinham vencido ou não? Na cabeça de Julie havia uma luta do Bem contra o Mal. Um enorme e terrível Mal.

E aquele Mal era o homem que ela amava.

Ou não? Seria possível um pouco de mal no coração belo de Marcos? Ele sobreviveria? Ou ele nunca havia existido?

Julie estava tão confusa que se sentia vazia. O único homem que amara não era o que parecia ser. Tinha a sensação absurda de ter encontrado o amor real, puro, infinito, e ter vivido esse amor de maneira plena apenas por uma noite.

Outra questão a incomodava. Julie havia vivido uma aventura única, inimaginável. E agora? Poderia viver uma vidinha comum, cotidiana? Haveria sentido ainda em manter-se viva? Para quê? Algumas pessoas dizem ter uma "missão" na vida. Julie sentia ter realizado a sua. E depois, o que fazer?

Não havia lágrimas em seu rosto. Como não houve quando se despediu de Anna e Carlos. Como não houve quando decidiu não se despedir de Marcos.

O coração estava frio, vazio, seco.

Olhando pela última vez para trás, viu a ilha em todo o seu verde esplendor. E decidiu NUNCA MAIS pôr os pés nela. Esqueceria tudo: a aventura inacreditável, que jamais poderia ser contada a ninguém; o conhecimento que mudava o sentido de sua vida. As pessoas que conhecera; e o amor que se mostrou falso.

Ela jurou, por tudo que lhe era mais sagrado.

Nunca mais.

Exatamente um ano depois, Julie Paget estaria quebrando seu juramento.

....

Nassau. O mais exclusivo cassino do Caribe. A jovem mulher está na mesa de carteado há quase uma hora. Cada ficha custa 5 mil dólares. Ela tem 18 na mão. Tinha 30, quando começou. Terá quase cem ao fim da noite.

Um homem de meia-idade se aproxima. Coloca uma taça de champanhe na frente dela. Ao seu lado um segundo homem, aparentando 35 anos. Ele pergunta à mulher:

– Ainda não cansou disso?

– Esperava vocês. Sabe que odeio esperar.

– Só pode ser brincadeira. O que mais temos é paciência.

– Então é verdade? Ele finalmente renasceu? E abdicou do poder?

– Sim. Significa que a mina de ouro está à disposição.

– E agora? Vamos finalmente disputar essa oportunidade? Até a última consequência?

– Por que motivo, minha querida? – diz o primeiro. Depois de todo esse tempo aprendemos a ver as coisas de maneira diferente, não?

– Sem dúvida – responde a mulher. – Um brinde, então. Ao ontem.

– Ao hoje – responde o primeiro.

– Ao glorioso amanhã – completa o segundo.

FIM DO LIVRO 1

Bibliografia Revista e Atualizada para Toda a Série

ALEXANDRIAN. *História da filosofia oculta*. Edições70, 1983, Lisboa, Portugal.

BAILEY, ALICE A. *Cartas sobre meditação ocultista*. Editora Pensamento, 1977, São Paulo, Brasil.

BLAVATSKY, H.P. *A doutrina oculta*. Editora Hemus, 1977, São Paulo, Brasil.

CAMPBELL, JOSEPH. *E por falar em mitos*. Editora Verus, 2004, Campinas, Brasil.

CHOWDHURY, BERNIE. *O último mergulho*. Editora Record, 2001, Rio de Janeiro, Brasil.

DUNN, PATRICK. *Postmodern magic*. Llewellyn Publications, 2005.

FORTUNE, DION – *Autodefesa psíquica – Um estudo sobre a patologia e a criminalidade oculta*. Editora Pensamento, 1983, São Paulo, Brasil.

FRATER U.D. *High Magick I e II*. Llewellyn Publications, 2008.

JUNG, C.G. *Memórias, sonhos, reflexões*. Editora Nova Fronteira, 1963, São Paulo, Brasil.

KRAIG, DONALD MICHAEL. *12 Lessons in the High Magickal Arts*. Llewellyn Publications, 2010.

LEVI, ELIPHAS. *Dogma e ritual da alta magia*. Editora Pensamento, São Paulo, 2002.

KING, FRANCIS. *Magia*. Ediciones Del Prado, 1975, Madri, Espanha.

NIETZSCHE, F. W. *Crepúsculo dos ídolos*. Editora Hemus, 1983, São Paulo, Brasil.

NIETZSCHE, F. W. *Assim falou Zaratustra*. Editora Martin Claret, 2003, São Paulo, Brasil.

NORTON, TREVOR. *Sob o mar*. Editora Alegro, 2001, São Paulo, Brasil.

REGARDIE, ISRAEL. *The Tree of Life: an Illustrated Study in Magic*. Llewellyn Publications, 2000.

REGARDIE, ISRAEL. *The Middle Pillar: the Balance Between Mind and Magic*. Llewellyn Publications, 1998.

REYO, ZULMA. *Alquimia Interior*. Editora Ground, 1983, São Paulo, Brasil.

REYO, ZULMA. *Karma e sexualidade*. Editora Ground, 1992, São Paulo, Brasil.

RUESCH, HANS. *No país das sombras longas*. Editora Record, 1996, Rio de janeiro, Brasil.

SAMPAIO, FERNANDO G. *Raízes místicas do nazismo*. Escola Superior de geopolítica e estratégia – Reunião mensal de atualização e debate, 2004.

YAMASHIRO, JOSÉ. *História dos samurais*. Editora Ibrasa, 1993, São Paulo, Brasil.